A MENINA DE RETALHOS DE OZ

L. FRANK BAUM
A MENINA DE RETALHOS DE OZ

Tradução
Francisco José Mendonça Couto

Principis

Esta é uma publicação Principis, selo exclusivo da Ciranda Cultural
© 2021 Ciranda Cultural Editora e Distribuidora Ltda.

Traduzido do original em inglês
The patchwork girl of Oz

Texto
L. Frank Baum

Tradução
Francisco José Mendonça Couto

Preparação
Otacílio Palareti

Revisão
Agnaldo Alves

Produção editorial
Ciranda Cultural

Diagramação
Linea Editora

Design de capa
Ciranda Cultural

Imagens
welburnstuart/Shutterstock.com;
Juliana Brykova/Shutterstock.com;
shuttersport/Shutterstock.com;
yuriytsirkunov/Shutterstock.com;
Reinke Fox/Shutterstock.com

Dados Internacionais de Catalogação na Publicação (CIP) de acordo com ISBD

B347m	Baum, L. Frank
	A Menina de Retalhos de Oz / L. Frank Baum; traduzido por Francisco José Mendonça Couto. - Jandira, SP: Principis, 2021. 224 p. ; 15,50cm x 22,60cm. (Terra de Oz; v. 7)
	Título original: The patchwork girl of Oz ISBN: 978-65-5552-309-6
	1. Literatura estrangeira 2. Clássicos da literatura. 3. Magia. 4. Fantasia. I. Couto, Francisco José Mendonça. II. Título.
2021-0046	CDD 810 CDU 821.111

Elaborado por Lucio Feitosa - CRB-8/8803

Índice para catálogo sistemático:
1. Literatura estrangeira - Americana : 891.7
2. Literatura estrangeira - Americana : 821.111

1ª edição em 2021
www.cirandacultural.com.br
Todos os direitos reservados.
Nenhuma parte desta publicação pode ser reproduzida, arquivada em sistema de busca ou transmitida por qualquer meio, seja ele eletrônico, fotocópia, gravação ou outros, sem prévia autorização do detentor dos direitos, e não pode circular encadernada ou encapada de maneira distinta daquela em que foi publicada, ou sem que as mesmas condições sejam impostas aos compradores subsequentes.

SUMÁRIO

Prólogo 9

Ojo e Unc Nunkie 11
O Mágico Torto 14
A Menina de Retalhos 22
A Gata de Vidro 29
Um acidente terrível 34
A viagem 44
O fonógrafo encrenqueiro 55
A Coruja Tola e o Burro Sábio 62
Eles encontram o Zonzo 67
O Homem-Farrapo vem para resgatar 78
Um bom amigo 85
O porco-espinho gigante 98
Aparas e o Espantalho 106
Ojo infringe a lei 118
O prisioneiro de Ozma 126
A princesa Dorothy 134
Ozma e seus amigos 141
Ojo é perdoado 146
Encrenca com os tottenhots 154
O Yup cativo 164

Hip Saltador, o Campeão 172
Os chifrudos brincalhões 179
A paz é declarada 187
Ojo encontra o poço escuro 195
Eles subornam o quadling preguiçoso 198
O Rio do Truque 205
A objeção do Homem de Lata 212
O maravilhoso Mágico de Oz 220

*Afetuosamente dedicado a meu jovem amigo
Sumner Hamilton Britton*

PRÓLOGO

Graças ao empenho de Dorothy Gale, do Kansas, mais tarde princesa Dorothy de Oz, um humilde escritor dos Estados Unidos foi indicado como Historiador Real de Oz, com o privilégio de escrever a crônica dessa maravilhosa terra encantada.

Mas depois de escrever seis livros sobre as aventuras dessas interessantes, mas estranhas pessoas que vivem na Terra de Oz, o historiador, com tristeza, tomou conhecimento de que, por meio de um edital da Suprema Soberana, Ozma de Oz, seu país de agora em diante se tornará invisível para todos aqueles que vivem fora de suas fronteiras, e que toda a comunicação com Oz no futuro será cortada.

As crianças, que tinham aprendido a procurar os livros sobre Oz e amavam as histórias do povo alegre e feliz que vivia nesse país privilegiado, ficaram tão tristes quanto o historiador, porque não haveria mais livros com histórias de Oz. Elas escreveram muitas cartas perguntando se o historiador não sabia de alguma aventura para escrever sobre o que tinha acontecido antes de a Terra de Oz ser isolada do restante do mundo. Mas ele não conhecia nenhuma. Finalmente, uma criança perguntou por que não podíamos ouvir a princesa Dorothy pelo telégrafo sem fio, que poderia possibilitar a ela comunicar ao historiador qualquer coisa que acontecesse na isolada Terra de Oz sem ele precisar vê-la ou sem mesmo saber onde ficava Oz.

Essa parecia ser uma boa ideia; então, o historiador improvisou uma torre alta em seu quintal, aprendeu a mexer com o telégrafo até compreender bem essa linguagem e começou a chamar a "princesa Dorothy de Oz" enviando mensagens pelo ar.

Agora, não era como se Dorothy pudesse olhar para as mensagens sem fio ou ouvir as mensagens, mas de uma coisa o historiador estava certo: é que a poderosa bruxa Glinda saberia o que ele estava fazendo, e que ele desejava se comunicar com Dorothy. Porque Glinda tinha um livro mágico no qual estavam gravados todos os acontecimentos que ocorriam em qualquer lugar do mundo, bem no momento em que ocorriam, e então, é claro, o livro iria informar-lhe sobre a mensagem sem fio.

E foi dessa maneira que Dorothy soube que o historiador queria falar com ela, e havia um Homem-Farrapo na Terra de Oz que sabia como telegrafar uma resposta sem fio. O resultado foi que o historiador pediu com tanto empenho para ser informado das últimas notícias de Oz e poder escrevê-las para as crianças lerem, que Dorothy pediu permissão a Ozma e ela gentilmente consentiu.

É por isso que, depois de dois longos anos de espera, outra história de Oz é apresentada agora para todas as crianças. Isso não teria sido possível se um homem inteligente não tivesse inventado aparelhos "sem fio", e se uma criança igualmente inteligente não tivesse sugerido a ideia de alcançar, por esse meio, a misteriosa Terra de Oz.

L. Frank Baum
Ozcot, Hollywood,
Califórnia, Estados Unidos

OJO E UNC NUNKIE

– Onde está a manteiga, Unc Nunkie? – perguntou Ojo.

Unc olhou pela janela e alisou sua longa barba. Então virou-se para o menino munchkin e meneou a cabeça.

– Não tem – disse ele.

– Não tem nenhuma manteiga? Isso é péssimo, Unc. Onde está a geleia, então? – perguntou Ojo, subindo em um banco para poder ver todas as prateleiras do armário. Mas Unc Nunkie balançou a cabeça de novo.

– Acabou – disse ele.

– Sem geleia também? E sem bolo... sem geleia... sem maçãs... nada a não ser pão?

– Acabou tudo – disse Unc, novamente alisando a barba enquanto olhava pela janela.

O menininho trouxe o banco e sentou-se ao lado do tio, mastigando o pão seco lentamente e parecendo profundamente pensativo.

– Nada cresce em nosso quintal a não ser pé de pão – refletiu –, e na árvore só há mais dois pães; e ainda não estão maduros. Diga-me, Unc: por que somos tão pobres?

O velho munchkin virou-se e olhou para Ojo. Tinha olhos bondosos, mas fazia tanto tempo que não sorria nem ria que o menino havia esquecido que Unc Nunkie não tinha só aquele olhar solene. E Unc nunca falava mais do que aquilo que era obrigado, de modo que seu pequeno sobrinho, que vivia só com ele, aprendera a entender muita coisa com apenas uma palavra.

– Por que somos tão pobres, Unc? – repetiu o menino.

– Não – disse o velho munchkin.

– Acho que somos – declarou Ojo. – O que é que conseguimos?

– Casa – disse Unc Nunkie.

– Eu sei, mas todo mundo na Terra de Oz tem um lugar para viver. O que mais, Unc?

– Pão.

– Estou comendo o último pão que está maduro. Ali eu separei sua parte, Unc. Está na mesa, de modo que pode comê-la quando tiver fome. Mas, quando acabar, o que iremos comer, Unc?

O velho mexeu-se na cadeira, mas apenas sacudiu a cabeça.

– Claro – disse Ojo, que era obrigado a falar porque seu tio não falava –, ninguém passa fome na Terra de Oz, também. Há o suficiente para todos, você sabe; só que, se não houver comida onde você estiver, terá que ir onde ela está.

O idoso munchkin remexeu-se de novo e olhou para o pequeno sobrinho, perturbado com o argumento dele.

– Amanhã pela manhã – continuou o menino –, devemos ir aonde houver alguma coisa para comer, senão ficaremos muito famintos e nos tornaremos muito infelizes.

– Aonde? – perguntou Unc.

– Aonde iremos? Não sei, ao certo – replicou Ojo. – Mas você deve saber, Unc. Você deve ter viajado muito, em seu tempo, porque já é bastante velho. Eu não me lembro, porque, desde que consigo me lembrar, a gente tem vivido exatamente aqui nesta casa redonda e solitária, com um pequeno jardim atrás e o bosque em volta. Tudo o que eu já vi da grande Terra de Oz, querido Unc, é a vista daquela montanha do sul, onde dizem que vivem os cabeças de martelo – que não deixam ninguém passar por lá –, e daquela montanha no norte, onde dizem que não mora ninguém.

– Um – declarou o tio, corrigindo o menino.

– Ah, sim, uma família vive lá, ouvi dizer. É o Mágico Torto, que é chamado de doutor Pipt, e sua mulher, Margolotte. Um ano você me contou sobre eles; acho que você levou o ano inteiro, Unc, para me contar tudo o que acabei de dizer sobre o Mágico Torto e sua mulher. Eles vivem no alto da montanha, e o bom País dos Munchkins, onde crescem frutas e flores, fica logo do outro lado. É engraçado você e eu vivermos aqui sozinhos, no meio da floresta, não é?

– É – disse Unc.

– Então, vamos sair e visitar o País dos Munchkins e seu povo feliz e amável. Eu adoraria ver alguma coisa mais do que árvores, Unc Nunkie.

– Muito pequeno – disse Unc.

– Ora, eu não sou mais tão pequeno quanto era – respondeu o menino, sério. – Acho que posso andar tão rápido pelos bosques quanto você, Unc. E agora, que nada cresce em nosso quintal que seja bom para comer, precisamos ir aonde existe comida.

Unc Nunkie não deu resposta alguma por algum tempo. Então, fechou a janela e virou sua cadeira para o lado da sala, pois o sol estava se pondo atrás das copas das árvores e estava ficando frio.

Aos poucos, Ojo acendeu o fogo e as toras de lenha começaram a arder na ampla lareira. Os dois sentaram-se junto à lareira por um bom tempo – o velho munchkin, de barba branca, e o menino. Ambos estavam pensativos. Quando já estava quase escuro lá fora, Ojo disse:

– Coma seu pão, Unc, e depois vamos para a cama.

Mas Unc Nunkie não comeu o pão; nem foi direto para a cama. Muito depois que seu pequeno sobrinho caiu no sono, no canto da sala, o velho homem sentou-se ao lado do fogo, pensativo.

O MÁGICO TORTO

Logo ao amanhecer do dia seguinte, Unc Nunkie passou com ternura a mão na cabeça de Ojo e o acordou.

– Vamos – disse ele.

Ojo se vestiu. Colocou meias de seda azuis, calças azuis até os joelhos, com fivela dourada, cintura franzida azul e uma jaqueta azul-brilhante entrelaçada de dourado. Seus sapatos eram de couro azul com os bicos pontudos virados para cima. O chapéu tinha uma coroa pontuda e a aba lisa, e em volta da aba havia uma fileira de sininhos dourados que tilintavam quando ele andava. Essa era a roupa típica dos habitantes do País dos Munchkins, da Terra de Oz, de modo que a roupa de Unc Nunkie era bem parecida com a de seu sobrinho. Em vez de sapatos, o velho usava botas com as bordas viradas, e seu casaco azul tinha mangas de punhos largos, entrelaçados de dourado.

O menino notou que seu tio não tinha comido o pão, e imaginou que o tio não estivesse com fome. Mas Ojo estava faminto, então, partiu o pedaço de pão sobre a mesa e comeu sua metade no café da manhã, acompanhada de água pura da fonte. Unc pôs o outro pedaço no bolso de sua jaqueta, depois do que disse novamente, enquanto se dirigia para a porta:

– Vamos.

Ojo estava bastante contente. Estava terrivelmente cansado de viver sozinho nos bosques e queria viajar e ver pessoas. Por um longo tempo sempre desejou explorar a beleza da Terra de Oz, onde eles viviam. Quando já estavam fora de casa, Unc simplesmente trancou a porta e começou a caminhar. Enquanto eles estivessem fora, ninguém iria perturbar a casinha deles, mesmo que viesse de longe, pela densa floresta.

No sopé da montanha que separava o País dos Munchkins do País dos Gillikins, a trilha se dividia em duas. Um caminho ia para a esquerda e outro para a direita – subindo a montanha. Unc Nunkie pegou a trilha da direita, e Ojo o seguiu sem perguntar por quê. Ele sabia que ela os levaria para a casa do Mágico Torto, que ele nunca tinha visto, mas que era seu vizinho mais próximo.

Por toda a manhã eles subiram penosamente a trilha da montanha, e ao meio-dia Unc e Ojo sentaram-se em um tronco de árvore e comeram o restante do pão que o velho munchkin tinha colocado no bolso. Então recomeçaram a andar, e duas horas depois avistaram a casa do doutor Pipt.

Era uma casa grande, redonda, como todas as casas dos munchkins, e pintada de azul, que era a cor característica do País dos Munchkins de Oz. Havia um belo jardim em volta da casa, onde árvores e flores azuis cresciam em abundância, e em certo lugar havia canteiros de repolhos azuis, cenouras e alfaces também azuis, tudo delicioso e pronto para comer. No jardim do doutor Pipt cresciam pés de pães doces, pés de bolos, moitas de profiteroles, botões-de-manteiga azuis, que produziam uma excelente manteiga azul, além de uma fileira de plantas de chocolate-caramelo. Trilhas de cascalho azul separavam a vegetação dos canteiros de flores, e uma trilha mais larga levava até a porta da frente. O lugar ficava em uma clareira na montanha, mas bem perto dali se estendia a sóbria floresta, que cercava completamente a clareira.

Unc bateu na porta da casa, e uma mulher gorducha e de expressão agradável, toda vestida de azul, abriu e recebeu os visitantes com um sorriso.

– Ah – disse Ojo –, a senhora deve ser a senhora Margolotte, a boa esposa do doutor Pipt.

– Sou, eu, meu querido, e todos os estranhos são bem-vindos à minha casa.

– Podemos ver o famoso Mágico, senhora?

– Ele está muito ocupado agora – disse ela –, balançando a cabeça em dúvida. – Mas entrem e deixem-me servir a vocês alguma coisa para comer, pois devem ter viajado muito até encontrar nosso canto solitário.

– Viajamos bastante – replicou Ojo, enquanto entrava na casa com Unc. – Viemos de um lugar mais solitário do que este.

– Um lugar solitário! E no País dos Munchkins? – exclamou ela. – Então deve ser em algum lugar da Floresta Azul.

– É sim, minha boa senhora.

– Veja só! – disse ela, olhando para o homem –, deve ser Unc Nunkie, conhecido como O Silencioso – então ela olhou para o menino. – E você deve ser Ojo, o Azarado – acrescentou.

– Sim – disse Unc.

– Nunca soube que eu era chamado de Azarado – disse Ojo, sério. – Mas é um bom nome para mim.

– Bem – observou a mulher, enquanto se movimentava pela sala, pondo a mesa e trazendo comida do armário –, você é azarado por morar isolado naquela floresta sombria, que é pior do que a floresta daqui; mas talvez sua sorte mude, agora que está longe de lá. Se durante suas viagens você conseguir perder esse azar e se tornar Sortudo, Ojo, o Sortudo, seria uma grande melhora.

– Como posso conseguir isso, senhora Margolotte?

– Não sei como, mas precisa ter isso em mente, e talvez a sorte venha até você – replicou ela.

Ojo nunca tinha comido uma refeição tão deliciosa em toda a sua vida. Havia um saboroso ensopado bem quente, um prato de ervilhas azuis, uma tigela com doce de leite de um delicado tom azul e um pudim azul feito de ameixas azuis. Quando os visitantes se fartaram de comer, a mulher lhes disse:

– Vocês querem ver o doutor Pipt a trabalho ou apenas por prazer?

Unc balançou a cabeça.

– Estamos viajando – respondeu Ojo –, e paramos em sua casa só para descansar e nos refrescar. Não sei se Unc Nunkie importa-se muito em ver o famoso Mágico Torto; mas, de minha parte, estou curioso para ver esse grande homem.

A mulher pareceu ficar pensativa.

– Eu me lembro que Unc Nunkie e meu marido eram amigos, há muitos anos – disse ela –, então talvez eles tenham prazer em se ver de novo. O Mágico está muito ocupado, como eu disse, mas se vocês prometerem não perturbá-lo, podem ir até seu escritório e observá-lo preparando um encanto maravilhoso.

– Obrigado – respondeu o menino, muito contente. – Gostaria muito de vê-lo.

Ele se dirigiu até um galpão coberto com uma grande cúpula atrás da casa, que era o escritório do Mágico. Havia uma série de janelas que se estendiam em toda a volta de uma sala circular, que deixavam o ambiente muito claro, e depois uma porta traseira junto àquela que levava à parte da frente da casa. Diante da fileira de janelas tinha sido construído um longo banco, e, além disso, havia algumas cadeiras e banquinhos pela sala. De um lado ficava uma grande lareira, onde uma tora azul queimava em chamas azuis, e sobre o fogo estavam quatro chaleiras enfileiradas, fervendo e borbulhando bastante. O Mágico estava mexendo em todas as chaleiras ao mesmo tempo, duas com as mãos e duas com os pés, nos quais estavam amarradas conchas de madeira, pois esse homem era de tal forma torto, que suas pernas eram tão maleáveis quanto seus braços.

Unc Nunkie adiantou-se para cumprimentar seu velho amigo, mas não sendo possível fazer isso nem com as mãos nem com os pés, pois estavam ocupados, deu uma pancadinha na cabeça careca do Mágico e perguntou:

– E aí?

– Ah, é O Silencioso – observou o doutor Pipt, sem levantar os olhos – e quer saber o que estou fazendo. Bem, quando estiver pronta esta mistura será o maravilhoso Pó da Vida, que ninguém sabe fazer, a não ser eu. Se por acaso ele respingar em qualquer coisa, essa coisa se tornará viva imediatamente, não importa o que seja. Levei muitos anos para fazer este pó mágico, mas neste momento tenho o prazer de dizer que está quase pronto. Você vai ver, estou fazendo isso para minha boa esposa Margolotte, que quer utilizar um pouco dele para um propósito particular. Sente-se e fique à vontade, Unc Nunkie, depois que eu tiver terminado minha tarefa falarei com você.

– Devo lhes dizer – disse Margolotte, depois que todos sentaram-se juntos no longo banco da janela – que meu marido ofereceu tolamente o primeiro Pó da Vida que fez à velha bruxa Mombi, que vivia no País dos Gillikins, ao norte daqui. Mombi deu ao doutor Pipt um Pó da Eterna Juventude, mas ela o trapaceou perversamente, porque o Pó da Juventude não era bom e não tinha nenhum poder mágico.

– Talvez o Pó da Vida também não tenha – disse Ojo.

– Tem, sim; é perfeito – declarou ela. – A primeira porção nós testamos na nossa Gata de Vidro, que não só adquiriu vida, mas continua viva desde então. Ela está por aí em algum lugar da casa.

– Uma gata de vidro! – exclamou Ojo, assombrado.

– Sim; ela é uma ótima companheira, mas admira a si mesma além de qualquer modéstia, e se recusa absolutamente a caçar ratos – explicou Margolotte. – Meu marido fez para a gata um cérebro cor-de-rosa, mas ele se mostrou muito superior ao dos gatos, de modo que ela acha indigno caçar ratos. Ela também tem um belo coração vermelho, mas é feito de pedra, acho que de rubi, por isso é muito duro e não tem sentimentos. Penso que o próximo gato de vidro que o Mágico fizer não vai ter nem cérebro nem coração, porque assim ele não vai se negar a caçar ratos e pode ter alguma utilidade para nós.

– O que a velha bruxa Mombi fez com o Pó da Vida que seu marido lhe deu? – perguntou o menino.

– Ela trouxe Jack Cabeça de Abóbora à vida, para começar – respondeu ela. – Suponho que você tenha ouvido falar de Jack Cabeça de Abóbora. Agora ele vive perto da Cidade das Esmeraldas, e é um dos favoritos da princesa Ozma, que governa toda a Terra de Oz.

– Não, nunca ouvi falar dele – observou Ojo. – Receio não saber muita coisa sobre a Terra de Oz. Veja, vivi toda a minha vida com Unc Nunkie, o Silencioso, e não tenho mais ninguém que possa me contar alguma coisa.

– Essa é uma das razões por que você é Ojo, o Azarado – disse a mulher, em tom simpático. – Quanto mais uma pessoa sabe, mais sorte ela tem, porque o conhecimento é o melhor dom da vida.

– Mas me diga, por favor, o que pretende fazer com essa nova porção de Pó da Vida que o doutor Pipt está fazendo. Ele disse que a senhora o queria porque tinha um propósito especial.

– Tenho, sim – respondeu ela. – Quero que ele dê vida à minha Menina de Retalhos.

– Ah! Uma Menina de Retalhos? O que é isso? – perguntou Ojo, porque aquilo lhe parecia ser ainda mais estranho do que uma Gata de Vidro.

– Acho que preciso lhe mostrar minha Menina de Retalhos – disse Margolotte, rindo do assombro do menino –, porque ela é mais difícil de explicar. Mas primeiro vou lhe contar que por muitos anos estive ansiosa por uma criada que me ajudasse com o serviço de casa, cozinhasse as refeições e lavasse os pratos. Nenhuma criada vai querer trabalhar aqui pelo fato de ser tão longe e fora de mão, de modo que meu sábio marido, o Mágico Torto, propôs que eu fizesse uma menina com as aparas de toda espécie de material, e ele iria fazê-la viver polvilhando sobre ela o Pó da Vida. Parecia ser uma excelente sugestão, e imediatamente o doutor Pipt começou a trabalhar para fazer uma nova porção de seu pó mágico. Ele se dedicou a isso um bom tempo, de modo que tenho tido muito tempo para fazer a menina. Ainda assim, essa tarefa não foi nada fácil, como você pode imaginar. Primeiro, eu não sabia de que material iria fazê-la, mas finalmente, procurando em uma cesta, me deparei com uma velha colcha de retalhos que minha avó fizera quando era jovem.

– O que é uma colcha de retalhos? – perguntou Ojo.

– É uma colcha de cama feita de pedaços e aparas de diversos tipos de pano e de diferentes cores, todos costurados juntos. As aparas são de todas as formas e todos os tamanhos, de modo que uma colcha de retalhos é uma coisa muito bonita de ver. Às vezes é chamada "colcha--louca", porque as aparas e as cores são todas misturadas. Nós nunca chegamos a usar a colcha de retalhos toda colorida de minha avó, porque nós, os munchkins, não damos importância a nenhuma a outra cor a não ser a azul, então ela ficou dobrada e guardada na cesta por cerca de cem anos. Quando eu a encontrei, disse a mim mesma que ela iria servir perfeitamente para fazer a minha criada, porque quando fosse trazida à vida não seria orgulhosa nem arrogante como é a Gata de Vidro, porque uma mistura de cores tão feia iria desencorajá-la de tentar ser tão digna quanto são os munchkins azuis.

– O azul então é a única cor respeitável?

– Para um munchkin, sim. Todo o nosso país é azul, você sabe. Mas em outras partes de Oz as pessoas preferem cores diferentes. Na Cidade das Esmeraldas, onde a princesa Ozma vive, o verde é a cor mais popular. Mas todos os munchkins preferem azul a qualquer outra cor, e quando a menina, minha criada, for trazida à vida, vai achar suas cores tão impopulares que nunca ousará se rebelar nem ser insolente, como algumas criadas são quando feitas do mesmo material que seus patrões.

Unc Nunkie balançou a cabeça em aprovação.

– Boa ideia – disse ele; e essa foi uma longa fala para Unc Nunkie, pois tinha duas palavras.

– Então eu cortei a colcha – continuou Margolotte – e fiz com ela uma menina bem feita, que estofei com enchimento de algodão. Vou lhe mostrar o bom trabalho que eu realizei – foi até a um alto armário e abriu as portas.

Então ela voltou trazendo nos braços a Menina de Retalhos, que deixou sentada no banco, apoiada para que não caísse.

A MENINA DE RETALHOS

Ojo examinou aquela curiosa invenção com espanto. A Menina de Retalhos era mais alta do que ele, quando colocada de pé, e seu corpo era fofo e arredondado porque tinha sido bem estofado com algodão. Margolotte primeiro tinha feito a forma da menina com a colcha de retalhos, e então a vestiu com uma saia de retalhos e um avental com bolsos – usando o mesmo material alegre em tudo. Nos pés da menina, ela costurou um par de sapatos de couro vermelho com a ponta em bico. Todos os dedos e os dedões das mãos da menina tinham sido cuidadosamente moldados, estofados e costurados nas bordas, com placas douradas nas pontas para servir de unhas.

– Ela vai ter que trabalhar, quando vier à vida – disse Margolotte.

A cabeça da Menina de Retalhos era a parte mais curiosa dela. Enquanto esperava que o marido terminasse de fazer seu Pó da Vida, a mulher tinha encontrado tempo suficiente para completar a cabeça de acordo com o que ditava sua fantasia, e percebeu que a cabeça de uma boa criada precisava ser construída adequadamente. O cabelo era formado de fios castanhos e caía até o pescoço em tranças bem feitas.

Seus olhos eram dois botões prateados de suspensórios tirados de velhas calças do Mágico, e tinham sido costurados no lugar com linha preta, para formar as pupilas no centro. Margolotte pensou muito para fazer as orelhas, pois elas eram importantes para que uma criada pudesse ouvir bem, mas finalmente as confeccionou com finas placas de ouro e as prendeu no lugar com pontos costurados através de pequenos buracos perfurados no metal. O ouro é o metal mais comum na Terra de Oz, e é usado para muitos propósitos por ser macio e flexível.

A mulher cortou uma fenda para fazer a boca da menina de retalhos, e costurou duas fileiras de pérolas brancas para formar os dentes, e para servir de língua, usou uma faixa de pelúcia escarlate. Ojo considerou aquela boca muito artística e parecida com uma boca verdadeira, e Margolotte ficou satisfeita pelo fato de o rapaz ter apreciado seu trabalho. Havia sardas até demais no rosto da menina para que se pudesse considerá-la estritamente bonita, pois uma face era amarela e a outra, vermelha, o queixo era azul, a testa era púrpura, e o centro, onde o nariz tinha sido elaborado e acolchoado, era amarelo-brilhante.

– Você devia ter feito o rosto dela todo cor-de-rosa – sugeriu o menino.

– Eu pensei nisso, mas não tinha nenhum tecido cor-de-rosa – replicou a mulher. – Ainda assim, não vejo em que isso importa muito, pois desejo que minha Menina de Retalhos seja mais útil do que ornamental. Se eu ficar cansada de olhar para o rosto sardento dela, posso branqueá-lo.

– Ela tem algum cérebro? – perguntou Ojo.

– Não; esqueci completamente do cérebro! – exclamou a mulher. – Foi bom você me lembrar disso, pois ainda não é tarde demais para arranjar um, de alguma maneira. Antes que ela ganhe vida, posso fazer o que me agradar com essa menina. Mas preciso ter cuidado para não lhe dar cérebro demais, e o que ela tiver deve ser indicado para o posto que ela vai ocupar na vida. Em outras palavras, seu cérebro não deve ser muito bom.

– Errado – disse Unc Nunkie.

– Não; tenho certeza de que estou certa em relação a isso – respondeu a mulher.

– Ele quer dizer – explicou Ojo – que, se sua criada não tiver um bom cérebro, não vai obedecer-lhe adequadamente, nem fazer direito as coisas que pedir a ela.

– Bem, isso pode ser verdade – concordou Margolotte –, mas, por outro lado, uma criada com um cérebro muito bom será segura para tornar-se independente e dona de si, e sentir-se acima do trabalho. Essa é uma tarefa muito delicada, como eu disse, e é preciso ter cuidado para dar à menina a quantidade certa e o tipo certo de cérebro. Quero que ela saiba o suficiente, mas não demais.

Com isso ela dirigiu-se até outro armário que era repleto de prateleiras. Todas as prateleiras estavam cheias de garrafas de vidro azuis, organizadamente rotuladas pelo Mágico para exibir seu conteúdo. Toda uma prateleira estava com a inscrição: "Conteúdos do cérebro", e as garrafas dessa prateleira tinham rótulos como: "Obediência", "Esperteza", "Juízo", "Coragem", "Ingenuidade", "Amabilidade", "Conhecimento", "Verdade", "Poesia", "Autoconfiança".

– Deixem-me ver – disse Margolotte. – Dessas características, ela precisa ter "obediência" antes de tudo – e pegou a garrafa que tinha esse rótulo, despejando em um prato alguns grãos do conteúdo. – "Amabilidade" também é bom ter, e "verdade" – despejou em um prato certa quantidade de cada uma dessas garrafas. – Acho que é isso – continuou ela –, porque as outras características não são necessárias em uma criada.

Unc Nunkie, que estava a seu lado, como Ojo, tocou na garrafa onde estava escrito "Esperteza".

– Um pouco – disse ele.

– Um pouco de "esperteza"? Bem, talvez esteja certo, senhor – disse ela, e ia pegar a garrafa, quando o Mágico Torto de repente chamou-a ansiosamente da lareira.

– Rápido, Margolotte! Venha aqui e me ajude.

Ela correu para o lado do marido imediatamente e o ajudou a erguer as quatro chaleiras do fogo. Seu conteúdo estivera fervendo por um tempo, deixando no fundo de cada chaleira alguns grãos de um fino pó branco. Cuidadosamente o Mágico retirou o pó, colocando-o todo junto em um prato de ouro, onde ele o misturou com uma colher de ouro. Quando tudo se misturou bem, restou um simples punhado, no total.

– Esse – disse o doutor Pipt, em tom satisfeito e triunfante – é o maravilhoso Pó da Vida, que apenas eu, em todo mundo, sei fazer. Levei cerca de seis anos para preparar estes preciosos grãos de poeira, mas aquele montinho no prato vale o preço de um reino, e muitos reis dariam tudo o que têm para possuí-lo. Quando esfriar, vou colocá-lo em uma pequena garrafinha; mas, enquanto isso, preciso vigiá-lo com muita atenção para que algum golpe de vento não o leve embora nem o espalhe por aí.

Unc Nunkie, Margolotte e o Mágico ficaram ali olhando para o maravilhoso pó, mas nesse momento Ojo estava mais interessado no cérebro da Menina de Retalhos. Pensando que era injusto e cruel privar a menina de todas as boas características que estavam ali à mão, o garoto pegou todas as garrafas da prateleira e despejou um pouco do conteúdo de algumas delas no prato de Margolotte. Ninguém o viu fazer isso, pois estavam todos olhando para o Pó da Vida; mas logo a mulher se lembrou do que estivera fazendo e voltou para o armário.

– Vamos ver – observou ela. – Eu estava dando à minha menina um pouco de "Esperteza", que é a substituta da "Inteligência", uma característica que ele ainda não aprendeu a manufaturar – tirando da prateleira a garrafa de "Esperteza", ela adicionou um pouco do pó à mistura que estava no prato. Ojo ficou um pouco desconfortável com isso, porque já havia colocado um pouco do pó de "Esperteza" no prato; mas não se atreveu a interferir e se consolou com o pensamento de que ninguém pode ter esperteza demais.

Margolotte levou o prato que continha o cérebro até o banco. Desfazendo a costura do retalho da testa da menina, ela colocou o pó dentro da cabeça e fechou a costura com a mesma habilidade e segurança de antes.

– Minha menina já está pronta para o seu Pó da Vida, meu querido – disse ela ao marido. Mas o Mágico respondeu:

– O pó não pode ser usado antes de amanhã de manhã; mas acho que agora já esfriou o suficiente para ser colocado na garrafa.

Ele selecionou uma garrafinha de ouro que tinha uma tampa de pimenteira, de modo que o pó pudesse ser polvilhado em qualquer objeto através de pequenos furos. Muito cuidadosamente colocou o Pó da Vida na garrafinha de ouro e a trancou em uma gaveta de seu armário.

– Finalmente – disse ele, esfregando as mãos de satisfação –, agora tenho um tempo disponível para uma boa conversa com meu velho amigo Unc Nunkie. Então, vamos nos sentar confortavelmente e nos distrair um pouco. Depois de ficar mexendo nessas quatro chaleiras por seis anos, estou feliz por ter um pouco de descanso.

– O senhor vai ter que dar conta da maioria da conversa – disse Ojo –, porque Unc é chamado O Silencioso e usa poucas palavras.

– Eu sei, mas isso torna seu tio um agradável companheiro para um bate-papo – declarou o doutor Pipt. – A maioria das pessoas fala demais, de modo que é um alívio encontrar alguém que fale tão pouco.

Ojo olhou para o Mágico com muito fascínio e curiosidade.

– O senhor não acha muito incômodo ser tão torto? – perguntou.

– Não; sou bastante orgulhoso de minha pessoa – foi a resposta. – Suponho que eu seja o único Mágico Torto de todo o mundo. Alguns são acusados de ser tortos, mas eu sou o único genuíno.

Ele era realmente muito torto, e Ojo ficou imaginando como ele podia manejar tanta coisa com aquele corpo entortado. Quando ele sentou-se em uma cadeira torta que tinha sido feita para ele, um joelho estava embaixo do queixo e o outro perto das costas; mas ele era um homem alegre e seu rosto apresentava uma expressão agradável e prazerosa.

– Não me permitem fazer mágica, a não ser para a minha própria diversão – contou ele aos visitantes, enquanto acendia o cachimbo com um galho torto e começava a fumar. – Muitas pessoas estavam trabalhando com magia na Terra de Oz, de modo que nossa amada princesa Ozma pôs um fim nisso. Acho que ela está certa. Havia diversos mágicos fracos que estavam causando muitos problemas; mas agora eles estão todos fora do negócio, e apenas a grande Glinda, a Bruxa Boa, tem permissão para praticar suas artes, que nunca fizeram mal a ninguém. O Mágico de Oz, que se mostrou uma fraude e não sabia fazer mágica alguma, está tendo aulas com Glinda, e me disseram que ele está conseguindo ficar um bom mágico; mas ele é apenas assistente da grande feiticeira. Tenho o direito de fabricar uma criada para minha mulher, você sabe, ou fazer a Gata de Vidro caçar nossos ratos – o que ela se recusa a fazer –, mas estou proibido de trabalhar com magia para os outros, ou utilizá-la como profissão.

– A magia deve ser um ramo de estudo muito interessante – disse Ojo, pensativo.

– E na verdade é – asseverou o Mágico. – No meu tempo, eu fazia algumas mágicas valiosas, como as de Glinda, a Bruxa Boa. Por exemplo, o Pó da Vida, e o meu Líquido da Petrificação, que está na garrafa que fica naquela prateleira junto à janela.

– O que o Líquido da Petrificação faz? – perguntou o menino.

– Transforma em mármore sólido tudo o que ele toca. É uma invenção minha, e a acho muito útil. Certa vez, dois desses horríveis kalidahs, que têm corpo de urso e cabeça de tigre, vieram da floresta até aqui para nos atacar; mas eu espirrei um pouco do líquido neles e no mesmo instante eles se tornaram mármore. Agora eu os uso como estátuas para ornamentar meu jardim. Esta mesa parece madeira para você, e há um tempo era mesmo madeira; mas eu espirrei algumas gotas do Líquido da Petrificação nela e agora é de mármore. Nunca vai se quebrar nem se gastar.

– Ótimo! – disse Unc Nunkie, abanando a cabeça e alisando a longa barba grisalha.

– Vejam só; que máquina de falar você consegue ser, Unc – observou o Mágico, que ficara satisfeito com o elogio. Mas então ouviram algo arranhando a porta de trás, e uma voz estridente gritou:

– Deixe-me entrar! Rápido, vamos? Deixe-me entrar! – Margolotte foi até lá e abriu a porta.

– Peça como uma boa gata, então – disse ela.

– *Miii-aaa-uuu!* E aí, isso serve para vossa alteza real? – perguntou a voz, com uma entonação desdenhosa.

– Sim; essa é a fala própria de um gato – declarou a mulher, e abriu a porta.

Assim que a gata entrou, veio para o centro da sala e parou um pouco ao ver os estranhos. Ojo e Unc Nunkie olharam para ela com os olhos bem abertos, porque nunca tinham imaginado que pudesse existir uma criatura assim – nem na Terra de Oz.

A GATA DE VIDRO

A gata era feita de vidro tão claro e transparente, que se podia ver através dela tão facilmente como pela janela. No alto de sua cabeça, contudo, havia uma porção de delicadas bolas cor-de-rosa que pareciam joias, e seu coração era um rubi vermelho-sangue. Os olhos eram duas grandes esmeraldas, mas fora essas cores o restante do animal era de vidro claro, e sua cauda, de vidro giratório, era realmente linda.

– Bem, doutor Pipt, vai nos apresentar ou não? – perguntou a gata, em tom aborrecido. – Parece-me que está esquecendo suas boas maneiras.

– Desculpe-me – respondeu o Mágico. – Este é Unc Nunkie, descendente dos antigos reis dos munchkins, antes de esse país tornar-se parte da Terra de Oz.

– Ele precisa cortar o cabelo – observou a gata, lambendo o rosto.

– É verdade – replicou Unc, com uma risadinha.

– Mas é que ele vive isolado no coração da floresta há muitos anos – explicou o Mágico. – E, embora este seja um país bárbaro, não existem barbeiros lá.

– Quem é o duende? – perguntou a gata.

– Ele não é um duende, mas um menino – respondeu o Mágico. – Você nunca viu um menino antes. Ele é pequeno agora, porque é jovem. Daqui a alguns anos ele vai crescer e ficar do tamanho de Unc Nunkie.

– Ah, isso é uma mágica? – inquiriu o animal de vidro.

– Sim, mas é uma mágica da Natureza, que é mais maravilhosa do que toda arte feita pelo homem. Por falar nisso, minha mágica é que fez você viver; e foi um trabalho pobre porque você não é útil para mim e me amola; mas não consigo fazer você crescer. Você sempre será do mesmo tamanho... e sempre a mesma Gata de Vidro atrevida e sem consideração, de cérebro cor-de-rosa e um duro coração de rubi.

– Ninguém pode lamentar mais do que eu o fato de que você me fez – assegurou a gata, agachando-se no chão e balançando lentamente a cauda de um lado para o outro. – Seu mundo é um lugar sem nenhum interesse. Dei umas voltas pelo seu jardim e pela floresta até me cansar, e quando chego em casa a sua conversa e a de sua gorda mulher me aborrecem terrivelmente.

– Isso acontece porque eu lhe dei um cérebro do tipo do que nós possuímos... bom demais para um gato – respondeu o doutor Pipt.

– Então, não dá para tirar esse cérebro e substituí-lo por pedrinhas, para que eu não me sinta acima de minha função na vida? – perguntou a gata, suplicante.

– Talvez dê. Vou tentar, depois que eu trouxer a Menina de Retalhos à vida – disse ele.

A gata andou até o banco onde a Menina de Retalhos estava reclinada e olhou para ela atentamente.

– Vai dar vida a essa coisa horrorosa?

O Mágico confirmou com a cabeça.

– Ela está destinada a ser a criada de minha mulher – disse ele. – Quando ela estiver viva, vai fazer todo o nosso serviço e cuidar da casa. Mas você não vai ficar dando ordens a ela por aí como faz com a gente, Engano. Você deve tratar a Menina de Retalhos com muito respeito.

– Eu não. Não posso respeitar um punhado de aparas como esse sob nenhuma circunstância.

– Se não a tratar bem, vai haver muito mais aparas do que você gostaria – gritou Margolotte, brava.

– Por que você não a faz bonita de ver? – perguntou a gata. – Você me fez bonita, muito bonita mesmo, e adoro observar meu cérebro cor-de-rosa se agitando enquanto trabalha, e ver meu precioso coração vermelho bater – ela foi até um longo espelho, como ela o chamou, e ficou diante dele, mirando-se com um ar de muito orgulho. – Mas essa pobre coisa remendada vai odiar a si mesma, assim que tiver vida – continuou a gata. – Por mim, vocês podem usá-la como esfregão e fazer outra criada que seja mais bonita.

– Você tem um gosto corrompido – sentenciou Margolotte, muito aborrecida com aquela crítica tão franca. – Eu acho a Menina de Retalhos bonita, considerando a sua função. Nem o arco-íris tem tantas cores como ela, e você deve admitir que o arco-íris é uma coisa bonita.

A Gata de Vidro bocejou e se estendeu no chão.

– Faça como quiser – disse ela. – Sinto muito pela Menina de Retalhos, isso é tudo.

Ojo e Unc Nunkie dormiram aquela noite na casa do Mágico, e o menino gostou de ficar lá, porque estava ansioso para ver a Menina de Retalhos ganhar vida. A Gata de Vidro também era uma criatura maravilhosa para o pequeno Ojo, que nunca tinha visto ou conhecido nada de magia antes, embora vivesse no Reino Encantado de Oz desde que nascera. Lá no meio da floresta nada de diferente acontecia. Unc Nunkie, que devia ter sido rei dos munchkins, não tendo apoio de seu povo, que se uniu a todos os outros países de Oz, reconhecendo Ozma como sua única soberana, aposentou-se e foi para aquela longínqua e esquecida floresta com seu sobrinho ainda bebê, onde eles têm vivido sozinhos. Não fosse o jardim negligenciado ter deixado de fornecer-lhes comida, eles ainda estariam vivendo na solitária Floresta Azul; agora, porém, eles começavam a misturar-se com outras pessoas, e o primeiro lugar aonde foram mostrou-se tão interessante que Ojo mal pôde fechar os olhos durante a noite toda.

Margolotte era uma excelente cozinheira e lhes trouxe um ótimo café da manhã. Enquanto eles ainda estavam comendo, a boa mulher disse:

– Esta é a última refeição que eu terei que preparar por algum tempo, porque depois do café da manhã o doutor Pipt prometeu trazer à vida minha nova criada. Vou deixar a menina lavar as louças do café da manhã, varrer e espanar a casa. Que alívio vai ser para mim!

– Na verdade, vai aliviar você de muito trabalho enfadonho – disse o Mágico. – Falando nisso, Margolotte, acho que vi você pegar um pouco de cérebro do armário, enquanto eu estava ocupado com minhas chaleiras. Que características você deu para a nova criada?

– Apenas aquelas que uma humilde criada requer – respondeu ela. – Não quero que ela se sinta acima de seu posto, como a Gata de Vidro. Isso a tornaria descontente e infeliz, porque é claro que ela deve ser sempre uma criada.

Ojo ficou um pouco perturbado ao ouvir essa conversa e começou a recear ter agido erradamente ao adicionar todas aquelas diferentes características de cérebro à porção que Margolotte havia preparado para a criada. Mas era muito tarde agora para arrepender-se, uma vez que todo o cérebro tinha sido devidamente costurado dentro da cabeça da Menina de Retalhos. Ele devia ter confessado o que tinha feito e assim permitido que Margolotte e seu marido mudassem o cérebro; mas ele receava provocar a raiva deles. Acreditava que Unc tinha visto o que ele fizera, e Unc não dissera uma única palavra contra isso; mas também Unc nunca dizia nada a não ser que fosse absolutamente necessário.

Assim que o café da manhã terminou, todos eles dirigiram-se ao grande escritório do Mágico, onde a Gata de Vidro se deitara diante do espelho e onde a Menina de Retalhos estava estendida, inerte e sem vida, sobre o banco.

– Agora, então – disse o doutor Pipt, em tom vivo –, vamos exibir um dos maiores feitos de mágica que um homem pode realizar, mesmo nesta maravilhosa Terra de Oz. Em nenhum outro país isso poderia ser feito. Penso que devemos ter um pouco de música enquanto a Menina de Retalhos vem à vida. É agradável refletir que os primeiros sons que seus ouvidos de ouro vão ouvir sejam uma música deliciosa.

Enquanto falava, foi até o fonógrafo, que girava rápido em uma mesa pequena, acionou o instrumento e ajustou o grande cone acústico dourado para a saída do som.

– A música que minha criada vai ouvir normalmente – observou Margolotte – serão as minhas ordens para fazer seu trabalho. Mas não vejo nenhum prejuízo em permitir que ela escute essa banda nunca vista enquanto desperta para sua primeira realização na vida. Minhas ordens vão superar a banda depois.

O fonógrafo agora tocava a melodia de uma marcha estridente, enquanto o Mágico destrancava seu armário e tirava dali a garrafa de ouro que continha o Pó da Vida.

Todos eles se curvaram sobre o banco em que estava reclinada a Menina de Retalhos. Unc Nunkie e Margolotte estavam atrás, perto das janelas, Ojo de um lado e o Mágico em frente, onde teria liberdade para polvilhar o pó. A Gata de Vidro aproximou-se também, curiosa a observar a importante cena.

– Tudo pronto? – perguntou o doutor Pipt.

– Está tudo pronto – respondeu sua mulher.

Então o Mágico inclinou e sacudiu a garrafa, de onde alguns grãos do maravilhoso pó caíram diretamente sobre a cabeça e os braços da Menina de Retalhos.

UM ACIDENTE TERRÍVEL

– Vai levar alguns minutos para esse pó fazer efeito – observou o Mágico, salpicando o corpo de cima para baixo com muito cuidado.

Mas, de repente, a Menina de Retalhos lançou para cima o braço, que bateu na garrafa do pó que estava na mão do homem torto e a jogou voando por toda a sala. Unc Nunkie e Margolotte ficaram tão perplexos que saltaram ambos para trás, pulando juntos, e a cabeça de Unc bateu no armário e derrubou a garrafa que continha o Líquido de Petrificação.

O Mágico soltou um grito tão selvagem que Ojo pulou para longe, e a Menina de Retalhos deu um salto atrás dele, aterrorizada, abraçando-o com braços estofados. A Gata de Vidro ronronou e escondeu-se embaixo da mesa, e aconteceu que, quando o poderoso Líquido da Petrificação entornou, caiu apenas sobre a mulher do Mágico e sobre o tio de Ojo. Com esses dois o encanto funcionou imediatamente. Eles ficaram imóveis e rígidos como estátuas de mármore. Na posição exata em que estavam quando o líquido caiu sobre eles.

Ojo empurrou a Menina de Retalhos para longe e correu até Unc Nunkie, sentindo um medo terrível pelo único amigo e protetor que ele já tinha conhecido. Quando segurou a mão de Unc, percebeu que ela estava fria e dura. Mesmo a longa barba grisalha estava sólida como mármore. O Mágico Torto como que dançava em volta da sala em frenético desespero, pedindo que sua mulher o perdoasse, que falasse com ele, que voltasse à vida novamente!

A Menina de Retalhos, recuperando-se rapidamente do medo, aproximou-se então e olhou de uma para a outra das pessoas com profundo interesse. Depois, olhou para si mesma e riu. Percebendo o espelho, chegou diante dele e examinou suas características extraordinárias com grande prazer... seus olhos de botões, dentes de pérolas e nariz cheinho. Em seguida, indicando seu reflexo no espelho, exclamou:

> Ih, vejo uma senhora vistosa que só!
> Faz o estojo de pintura corar de dar dó.
> Razzz-dazzz, fizzz-fazzz!
> Como vai, senhora Que Nome Traz?

Fez uma mesura, e o reflexo também fez. Então riu outra vez, um riso longo e feliz, e a Gata de Vidro deslizou de sob a mesa e disse:

– Não culpo você por rir de si mesma. Você não é horrível?

– Horrível? – replicou a menina. – Sou absolutamente encantadora. Sou original, se me dá licença, e por isso incomparável. De todas as cômicas, absurdas, raras e divertidas criaturas que existem no mundo, eu devo ser a suprema aberração. Mas quem, senão a pobre Margolotte, teria tido a ideia de inventar um ser tão desproposital como eu? Mas estou feliz, terrivelmente feliz, por ser apenas o que sou, nada mais.

– Pode ficar quieta, um pouco? – gritou o frenético Mágico. – Fique quieta e deixe-me pensar! Se eu não pensar, ficarei louco.

– Pense, antecipe – disse a Menina de Retalhos, sentando-se em uma cadeira. – Pense em tudo o que quiser. Não me importo.

– Puxa! Já estou cansado de tocar a mesma música – disse o fonógrafo, falando através do cone, em voz insolente e estridente. – Se você não se importar, Pipt, meu velho, vou parar e descansar.

O Mágico olhou tristemente para a máquina de música.

– Que sorte horrível! – lamentou ele, desanimado. – O Pó da Vida deve ter caído em cima do fonógrafo.

Foi até lá e descobriu que a garrafa de ouro que continha o precioso pó havia despencado do armário e espalhado os grãos que davam vida sobre o aparelho. O fonógrafo estava bem vivo, e começou uma dança ritmada com os pés da mesa à qual estava preso, e essa dança aborreceu tanto o doutor Pipt que ele chutou a coisa para um canto e encostou um banco na frente dele, para mantê-lo quieto.

– Você já era ruim o suficiente antes – disse o Mágico, ressentido –, mas um fonógrafo vivo é demais para fazer uma pessoa sã na Terra de Oz ficar louca de pedra.

– O senhor estragou tudo, doutor Pipt – acrescentou a Gata de Vidro desdenhosamente.

– Menos eu – disse a Menina de Retalhos, pulando em um rodopio feliz em volta da sala.

– Acho – disse Ojo, quase a ponto de gritar de dor diante do triste destino de Unc Nunkie – que foi tudo culpa minha, de certo modo. Eu me chamo Ojo, o Azarado, vocês sabem.

– Isso é bobagem, garoto – retorquiu a Menina de Retalhos alegremente. – Ninguém que tenha inteligência para dirigir as próprias ações pode ser azarado. Azarados são aqueles que suplicam pela oportunidade de pensar, como o pobre doutor Pipt aqui. De qualquer modo, qual é o problema, senhor Fazedor de Mágica?

– O Líquido de Petrificação caiu acidentalmente sobre minha querida mulher e sobre Unc Nunkie, e os transformou em mármore – disse ele em resposta.

– Bem, por que o senhor não borrifa um pouco deste pó em cima deles e os traz à vida de novo? – perguntou a Menina de Retalhos.

O Mágico deu um pulo.

– Por que não pensei nisso! – gritou ele feliz, e pegou a garrafa de ouro, com a qual correu até Margolotte.

Disse a Menina de Retalhos:

Rique-pique-dim!
São tolos os mágicos, sim!
Têm na cabeça um defeito,
Não sabem pensar direito,
E pedem conselhos pra mim.

De pé em cima do banco, porque ele era tão torto que não podia alcançar o alto da cabeça de sua mulher de jeito nenhum, o doutor Pipt começou a sacudir a garrafa. Mas nenhum grão de pó saiu dela. Tirou a tampa, olhou dentro e então atirou a garrafa para longe com um lamento de desespero.

– Acabou... acabou! Acabou tudo – gritou ele. – Gasto nesse miserável fonógrafo, quando poderia salvar minha querida mulher!

O Mágico inclinou a cabeça sobre seus braços tortos e começou a chorar.

Ojo estava com pena dele. Foi até o pesaroso homem e disse delicadamente:

– O senhor pode fazer mais Pó da Vida, doutor Pipt.

– Sim; mas vai levar seis anos... seis longos, exaustivos anos fervendo quatro chaleiras e mexendo-as com os pés e as mãos – foi a agoniada resposta. – Seis anos! Enquanto a pobre Margolotte ficará aí me observando como uma imagem de mármore.

– Não há nada que se possa fazer? – perguntou a Menina de Retalhos.

O Mágico balançou a cabeça. Então pareceu se lembrar de alguma coisa e olhou para cima.

– Existe outro composto que poderia destruir o efeito mágico do Líquido de Petrificação e recuperar minha mulher e Unc Nunkie para a vida – disse ele. – Deve ser difícil encontrar as coisas de que preciso para fazer o composto mágico, mas se forem encontradas, eu poderia fazer em um instante aquilo que de outro modo levaria seis longos e exaustivos anos a ferver chaleiras e mexendo-as com as mãos e os pés.

– Está bem; vamos encontrar as coisas, então – sugeriu a Menina de Retalhos. – Parece ser um pouco mais proveitoso do que gastar tempo fervendo chaleiras.

– Essa é a ideia, Aparas – disse a Gata de Vidro, em aprovação. – Estou feliz por descobrir que você tem um cérebro decente. O meu é extraordinariamente bom. Você pode vê-lo trabalhando; ele é cor-de-rosa.

– Aparas? – repetiu a menina. – Você me chamou de Aparas? É esse o meu nome?

– Eu... eu acho que minha pobre mulher pretendia chamar você de Angeline – disse o Mágico.

– Mas gosto mais de "Aparas" – replicou ela com uma risada. – Combina melhor comigo, porque meus retalhos são feitos de aparas, e nada mais. Obrigado por me dar esse nome, senhorita Gata. Você tem algum nome próprio?

– Tenho um nome bobo que Margolotte certa vez me deu, mas que é muito indigno para alguém da minha importância – respondeu a gata. – Ela me chamou de Engano.

– Sim – suspirou o Mágico –, você é um triste engano, no fim das contas. Eu errei em fazê-la como a fiz, a coisa mais inútil, convencida e quebradiça que já existiu.

– Não sou tão quebradiça como o senhor pensa – retorquiu a gata. – Já vivi muitos anos, pois o doutor Pipt experimentou em mim o primeiro Pó da Vida mágico que fez, e daí em diante nunca quebrei nem rachei nenhuma parte de mim.

– Você parece estar com o ombro lascado – riu a Menina de Retalhos, e a gata foi até o espelho para ver.

– Diga-me – pediu Ojo, falando com o Mágico Torto –, o que nós precisamos encontrar para fazer o composto que vai salvar Unc Nunkie?

– Primeiramente, preciso ter um trevo de seis folhas – foi a resposta. – E ele só pode ser encontrado na região verde em torno da Cidade das Esmeraldas, e o trevo de seis folhas é muito raro, mesmo lá.

– Vou encontrá-lo para o senhor – prometeu Ojo.

– A segunda coisa – continuou o Mágico –, é a asa esquerda de uma borboleta amarela. Essa cor só pode ser encontrada no colorido País dos Winkies, a leste da Cidade das Esmeraldas.

– Vou encontrá-la – declarou Ojo. – Isso é tudo?

– Ah, não; vou pegar meu Livro de Receitas e ver o que vem a seguir.

Dizendo isso, o Mágico destrancou a gaveta de seu armário e tirou dali um pequeno livro encapado de couro azul. Folheando as páginas, encontrou a receita que procurava e disse:

– Preciso de um *gill*[1] de água de um poço escuro.

– Que espécie de poço é esse, senhor? – perguntou o menino.

– Um poço no qual nunca penetre a luz do dia. A água precisa ser colocada em uma garrafa de ouro e trazida até mim sem que nenhuma luz a alcance.

– Vou trazer a água do poço escuro – disse Ojo.

---

[1] Um *gill*, medida de capacidade, equivale nos Estados Unidos a 118 ml, ou ¼ de uma *pint* (pinta, 473 ml). (N.T.)

– Depois, vou precisar de três fios da ponta da cauda de um Zonzo, e uma gota de óleo do corpo de um homem vivo.

Ojo pareceu sério ao ouvir isso.

– Por favor, o que é um Zonzo? – perguntou.

– Uma espécie de animal. Nunca vi nenhum, por isso não posso descrevê-lo para você – replicou o Mágico.

– Se eu conseguir encontrar um Zonzo, vou pegar os fios da cauda dele – disse Ojo. – Mas existe algum tipo de óleo no corpo de um homem vivo?

O Mágico olhou no livro de novo, para ter certeza.

– É isso o que a receita requer – replicou ele –, e é claro que precisamos ter tudo o que ela exige, ou o encanto não vai funcionar. O livro não fala em "sangue", diz "óleo", e deve haver óleo em algum lugar do corpo de um homem vivo, ou o livro não pediria isso.

– Está bem – retornou Ojo, tentando não se sentir desencorajado –, vou tentar encontrar.

O Mágico olhou para o pequeno garoto munchkin em dúvida e disse:

– Tudo isso vai significar uma longa tarefa para você; talvez tarefas muitos longas, porque você deve procurar nos diferentes países que formam Oz para conseguir as coisas de que preciso.

– Sei disso, senhor; mas preciso fazer o meu melhor para salvar Unc Nunckie.

– E também minha pobre mulher Margolotte. Se você salvar um deles, estará salvando o outro, pois ambos estão juntos aqui, e o mesmo composto irá recuperar os dois para a vida. Faço o melhor que puder, Ojo, e, enquanto você procura, preciso iniciar os seis anos do trabalho de fazer uma nova porção do Pó da Vida. Então, se você por infelicidade deixar de conseguir alguma das coisas necessárias, não terei perdido tempo algum. Mas, se você for bem-sucedido, deve retornar aqui o mais rápido possível, pois isso me poupará do cansaço de ferver quatro chaleira ocupando os pés e as mãos.

– Vou começar minha jornada imediatamente, senhor – disse o menino.

– E eu vou com você – declarou a Menina de Retalhos.

– Não, não! – exclamou o Mágico. – Você não tem direito de deixar esta casa. É apenas uma criada e não foi desencarregada disso.

Aparas, que tinha ficado dançando de um lado para o outro da sala, parou e olhou para ele.

– O que é uma criada? – perguntou ela.

– Uma servente, pessoa que serve. Uma… espécie de escrava – explicou ele.

– Muito bem – disse a Menina de Retalhos –, vou servir você e a sua mulher ajudando Ojo a encontrar as coisas de que precisa. Você precisa de uma porção delas, sabe muito bem, e não são fáceis de encontrar.

– É verdade – suspirou o doutor Pipt. – Estou bem consciente de que Ojo assumiu uma séria tarefa.

Aparas riu, e voltando a dançar disse:

> *Esse trabalho é para um menino de tutano:*
> *Uma gota de óleo das veias de um humano;*
> *Um trevo de seis folhas; e três belos fiozinhos*
> *Da cauda de um Zonzo, está lá no livrinho,*
> *São necessários para o mágico encanto,*
> *E a água de um poço, escuro no entanto.*
> *A asa amarela de uma borboleta*
> *Vai ser para Ojo mais uma treta.*
> *E se ele achar tudo sem muito descanso,*
> *O doutor Pipt terá seu mágico encanto.*
> *Mas se não cumprir tudo o que lá está,*
> *Unc para sempre uma estátua será.*

O Mágico olhou para ela pensativamente.

– A pobre Margolotte deve ter dado a você, por engano, algum dom para a poesia – disse ele. – E, se isso é verdade, não devo ter feito um produto muito bem quando o preparei, ou então você tomou uma superdose ou subdose. Contudo, acho que vou deixar você ir com Ojo, pois minha pobre mulher não vai precisar de seus serviços até que se recupere para a vida. Também acho que você deve ser capaz de ajudar o garoto, porque a sua cabeça parece conter alguns pensamentos que eu não esperava encontrar nela. Mas trate de ser cuidadosa consigo mesma, porque você é uma lembrança de minha pobre Margolotte. Tente não se rasgar, senão seu enchimento pode sair todo. Se algum de seus olhos cair, você pode costurá-lo de novo mais firme. Se você falar demais, pode gastar a língua de pelúcia vermelha, que deve ter sido bem embainhada nas bordas. E lembre-se de que você pertence a mim e deve voltar para cá assim que a missão de vocês for cumprida.

– Vou com Aparas e Ojo – anunciou a Gata de Vidro.

– Você não pode – disse o Mágico.

– Por que não?

– Pode se quebrar a qualquer momento, e não seria de muita utilidade para o garoto e a Menina de Retalhos.

– Sinto discordar do senhor – retornou a gata, em tom arrogante. – Três cabeças são melhores do que duas, e o meu cérebro cor-de-rosa é lindo. Pode-se vê-lo funcionando.

– Bem, vá então – disse o Mágico, irritado. – Você é apenas um aborrecimento, de qualquer modo, e fico feliz em me livrar de você.

– Obrigada por nada, então – respondeu a gata duramente.

O doutor Pipt pegou uma pequena cesta no armário e colocou ali várias coisas. Depois deu-a na mão de Ojo.

– Aqui você tem um pouco de comida e um pacote de encantos – disse ele. – É tudo o que posso dar-lhe, mas estou certo de que nessa jornada vai encontrar amigos que vão auxiliá-lo em sua busca. Cuide da Menina de Retalhos e traga-a de volta em segurança. Quanto à Gata de Vidro, bem propriamente chamada de Engano, se ela aborrecê-lo, tem minha permissão de quebrá-la em duas, pois ela não é respeitadora e nem obediente. Cometi um erro em dar-lhe um cérebro cor-de-rosa, você viu.

Então, Ojo foi até Unc Nunkie e beijou ternamente o rosto de mármore do velho tio.

– Vou tentar salvar o senhor, Unc – disse ele, como se a imagem de mármore pudesse ouvi-lo; e então cumprimentou a mão torta do Mágico Torto, que já estava ocupado pendurando as quatro chaleiras na lareira, e, pegando a cesta, deixou a casa.

A Menina de Retalhos o seguiu, e em seguida foi a Gata de Vidro.

A VIAGEM

Ojo nunca tinha viajado, e sabia apenas que a trilha que descia pelo lado da montanha levava à entrada do País dos Munchkins, onde moravam muitas pessoas. Aparas era bem nova e não poderia conhecer nada da Terra de Oz, enquanto a Gata de Vidro admitiu que nunca tinha perambulado muito além da casa do Mágico. Havia apenas uma trilha diante deles, no início, de modo que não poderiam se perder, e por um tempo caminharam pela densa floresta silenciosamente, pensativos, cada um impressionado com a importância da aventura com que tinham se comprometido.

De repente, a Menina de Retalhos riu. Era engraçado vê-la rir, porque ela franzia as faces, aguçava o nariz e curvava os cantos da boca de um jeito cômico.

– Alguma coisa agradou a você? – perguntou Ojo, que estava sério e descontente, pensando no triste destino de seu tio.

– Sim – respondeu ela. – Seu mundo me agrada porque é um mundo estranho, e a vida neste mundo é estranhamente quieta. Aqui estou eu, feita de uma velha colcha de retalhos de cama e destinada a ser escrava de Margolotte, mas me tornei livre como o ar por um acidente que nenhum de vocês poderia prever. Estou aproveitando a vida e vendo o mundo, enquanto a mulher que me fez está lá desesperadamente imóvel como um bloco de mármore. Se isso não é engraçado o suficiente para rir, não sei o que seria.

– Você ainda não está vendo muito do mundo, minha pobre inocente Aparas – observou a Gata. – O mundo não consiste apenas nas árvores que nos rodeiam por todos os lados.

– Mas as árvores são parte dele; e são bonitas, não? – retornou Aparas, balançando a cabeça e fazendo seu encaracolado cabelo castanho flutuar na brisa. – Crescendo entre elas, posso ver adoráveis samambaias e flores silvestres, e musgo verde e macio. Se o restante de seu mundo tiver metade dessa beleza, ficarei feliz por estar viva.

– Não sei como é o restante do mundo, disso estou certa – disse a gata –, mas pretendo descobrir.

– Nunca estive fora da floresta – acrescentou Ojo –, mas para mim as árvores são escuras e tristes, e as flores silvestres me parecem solitárias. Deve ser mais bonito onde não existam árvores e sim cômodos para bastante gente viver junta.

– Fico imaginando se alguma das pessoas que vamos encontrar será tão esplêndida como eu – disse a Menina de Retalhos. – Todos que vi até agora têm pele pálida, sem cor, enquanto eu tenho muitas cores maravilhosas... rosto, corpo e roupas. É por isso que sou radiante e contente, Ojo, enquanto você é azul e triste.

– Acho que cometi um erro em dar a você um cérebro tão variado – observou o menino. – Talvez, como disse o Mágico, você tenha tido uma superdose, e ele pode não combinar com você.

– O que você fez com o meu cérebro? – perguntou Aparas.

– Muita coisa – replicou Ojo. – A velha Margolotte pretendia dar a você só um pouco de cérebro – apenas o suficiente para mantê-la viva –, mas enquanto ela não estava olhando eu adicionei muito mais, dos melhores tipos de cérebro que pude encontrar no armário do Mágico.

– Obrigada – disse a menina, dançando pela trilha à frente de Ojo e depois dançando de volta até ele. – Se um pouco de cérebro é bom, muito cérebro deve ser melhor.

– Mas tudo deve ser bem equilibrado – disse o menino –, e não tive tempo de ser cuidadoso. Pelo jeito como você está agindo, acho que a dose foi mal misturada.

– Aparas não tem cérebro suficiente para sentir-se magoada, então não se preocupe – observou a gata, que estava trotando por ali de uma maneira delicada e graciosa. – O único cérebro que vale a pena levar em consideração é o meu, que é cor-de-rosa. É possível vê-lo em ação.

Depois de andar por um longo tempo, chegaram a um pequeno riacho que corria atravessando a trilha, e aí Ojo sentou-se para descansar e comer alguma coisa de sua cesta. Descobriu que o Mágico tinha colocado ali para ele parte do filão de pão e uma fatia de queijo. Partiu um pedaço do pão e ficou surpreso ao ver que o pão continuava tão grande como antes. A mesma coisa aconteceu com o queijo: não importava quanto ele pegasse da fatia de queijo, ela permanecia exatamente do mesmo tamanho.

– Ah – disse ele, meneando sabiamente a cabeça –, é mágica. O doutor Pipt encantou o pão e o queijo, de modo que possam durar por toda a minha viagem, não importa o quanto eu coma.

– Por que você pôs essas coisas na boca? – perguntou Aparas, olhando para ele surpresa. – Você precisa de mais estofamento? Por que não usa algodão, como foi utilizado em mim?

– Não preciso dessa espécie de estofamento – disse Ojo.

– Mas a boca é usada para falar, não é?

– Também é usada para comer – replicou o menino. – Se eu não puser comida na boca e não comer, ficarei faminto e morrerei de fome.

– Eu não sabia disso – disse ela. – Dê um pouco para mim.
Ojo estendeu a ela um pedaço de pão, e ela o colocou na boca.
– O que faço agora? – perguntou ela, mal podendo falar.
– Mastigue tudo e engula – disse o menino.
Aparas tentou fazer isso. Seus dentes de pérolas eram incapazes de mastigar o pão e atrás de sua boca não havia abertura. Por ser incapaz de engolir, ela cuspiu fora o pão e riu.
– Vou ficar faminta e morrer de fome, porque não consigo comer – disse ela.
– Nem eu – completou a gata –, mas não sou tola a ponto de tentar. Você não entende que eu e você somos pessoas superiores e não fomos feitas como esses pobres humanos?
– Por que deveria eu entender isso, ou qualquer outra coisa? – perguntou a menina. – Não aborreça minha cabeça perguntando-me enigmas, por favor. Simplesmente deixe que eu me descubra por mim mesma e a meu modo.
Com isso, ela começou a divertir-se saltando sobre o riacho e voltando novamente.
– Tenha cuidado, ou vai cair na água – avisou Ojo.
– Não se preocupe.
– Pois devia se preocupar. Se você se molhar ficará empapada de água e não poderá andar. Suas cores podem desaparecer, também – disse ele.
– Minhas cores desaparecem quando corro? – perguntou ela.
– Não do jeito que estou dizendo. Se elas ficarem molhadas, os vermelhos, verdes, amarelos e o púrpura de seus retalhos podem perder-se uns nos outros e tornar-se um simples borrão... sem cor nenhuma, sabe?
– Então – disse a Menina de Retalhos –, serei cuidadosa, porque se eu perder minhas esplêndidas cores, deixarei de ser bonita.

– *Bah!* – rosnou a Gata de Vidro – essas cores não são bonitas; são feias e de mau gosto. Faça o favor de observar que meu corpo não tem cor nenhuma. Sou transparente, a não ser pelo meu maravilhoso coração vermelho e meu adorável cérebro cor-de-rosa... que você pode ver funcionando.

– Xô... xô... xô! – gritou Aparas, dançando e rindo. – E seus horríveis olhos verdes, senhorita Engano! Você não pode ver seus olhos, mas nós podemos, e percebo que você é bastante orgulhosa das poucas cores que tem. Xô, senhorita Engano, xô... xô... xô! Se você usar todas as cores ou muitas cores, como eu, vai mostrar-se esnobe demais por nada – ela saltou por cima da gata e de volta outro salto. Assustada, Engano rastejou até uma árvore para escapar da menina. Isso fez Aparas rir com mais entusiasmo do que nunca, e então ela disse:

Upi, tedupi-dê!
A gata perdeu o sapato.
Seu pé nu pisa no mato.
O que mais é estranho para você?

– Ai de mim, Ojo – disse a gata –, você não acha que essa criatura é um tantinho louca?

– Pode ser – respondeu ele, com um olhar enigmático.

– Se ela continuar com os insultos, vou arrancar-lhe os olhos de botões de suspensório – resmungou a gata.

– Sem brigas, por favor – pediu o menino, levantando-se para retomar a viagem. – Vamos ser bons camaradas e tão alegres e felizes quanto possível, porque devemos encontrar muitos problemas pelo caminho.

O sol já estava se pondo quando eles chegaram ao limite da floresta e viram se espalhar à sua frente uma agradável paisagem. Havia amplos campos azuis estendendo-se por quilômetros pelo vale, que era pontilhado por todo lado com bonitas e redondas casas azuis, nenhuma das quais, contudo, era muito próxima do local onde eles estavam. Bem no ponto onde a trilha deixava a floresta, ficava uma pequena casa coberta de folhas de árvores, e diante dela estava um homem munchkin com um machado na mão. Ele pareceu bastante surpreso quando Ojo, Aparas e a Gata de Vidro saíram da mata, mas quando a Menina de Retalhos aproximou-se, ele sentou-se no banco e riu tanto que não conseguiu falar por um bom tempo.

Esse homem era um lenhador e vivia sozinho em uma pequena casa. Tinha um bigode cheio e felizes olhos azuis, e suas roupas, azuis, eram muito velhas e usadas.

– Misericórdia! – exclamou o lenhador, quando por fim conseguiu parar de rir. – Quem poderia pensar que um arlequim tão engraçado vivesse na Terra de Oz? De onde vem você, Colcha-Doida?

– Está falando de mim? – perguntou a Menina de Retalhos.

– Claro – replicou ele.

– Você desconhece minha origem. Não sou uma colcha doida, mas uma colcha de retalhos – disse ela.

– Não vejo diferença – retrucou ele, começando a rir de novo. – Quando minha avó costura essas coisas, chama de colcha-doida; mas nunca pensei que tal emaranhado pudesse chegar a viver.

– Foi o pó mágico que fez isso – explicou Ojo.

– Ah, então você deve ter vindo do Mágico Torto, lá da montanha. Devo conhecer isso, porque... Bem, estou vendo! Aqui está uma gata de vidro. Mas o Mágico vai arrumar encrenca com isso; é contra a lei qualquer pessoa fazer mágica a não ser Glinda, a Bruxa Boa, e o real Mágico de Oz. Se vocês... ou coisas... ou óculos de vidro... ou colchas doidas... ou sejam quem forem vocês, chegarem perto da Cidade das Esmeraldas, serão presos.

– Vamos para lá, de qualquer forma – declarou Aparas, sentando-se no banco e girando suas estofadas pernas.

Se algum de nós descansar,
Seremos presos sem rir
E nada iremos recuperar,
Então ao descanso vamos resistir.

– Entendo – disse o lenhador, meneando a cabeça –, você é tão doida como a colcha-doida de que é feita.
– Ela é realmente doida – observou a Gata de Vidro. – Mas nem dá para imaginar ou lembrar de quantas coisas diferentes ela é feita. Já eu sou feita de puro vidro, a não ser meu coração que é uma joia e meu lindo cérebro cor-de-rosa. Já prestou atenção no meu cérebro, estranho? Você pode vê-lo funcionando.
– Posso, sim – replicou o lenhador –, mas não o vejo realizar muita coisa. Um gato de vidro é o tipo de coisa inútil, mas a Menina de Retalhos é realmente útil. Ela me faz rir, e rir é a melhor coisa da vida. Houve uma vez um lenhador, amigo meu, que era todo feito de lata, e eu ria toda vez que o via.
– Um lenhador de lata? – surpreendeu-se Ojo. – É estranho.
– Meu amigo não foi sempre de lata – disse o homem –, mas foi descuidado com seu machado e acabou se cortando gravemente. Conforme ia perdendo um braço ou uma perna, ele os substituía por lata; de modo que, após algum tempo, tornou-se todo de lata.
– E voltou a cortar lenha, então? – perguntou o menino.
– Podia voltar a cortar, se não deixasse suas juntas enferrujarem. Mas um dia ele encontrou Dorothy na floresta e foi com ela para a Cidade das Esmeraldas, onde fez fortuna. Agora ele é um dos favoritos da princesa Ozma, e ela fez dele o Imperador dos Winkies, o país onde tudo é amarelo.

– Quem é Dorothy? – perguntou a Menina de Retalhos.

– Uma garotinha que vivia no Kansas, mas é agora princesa de Oz. É a melhor amiga de Ozma, dizem, e vive com ela no palácio real.

– Dorothy é feita de lata? – perguntou Ojo.

– Ela é feita de retalhos, como eu? – perguntou Aparas.

– Não – disse o homem –, Dorothy é de carne e osso, como eu. Sei apenas de uma pessoa feita de lata, que é Nick Lenhador, o Homem de Lata; e sempre só haverá uma única Menina de Retalhos, pois qualquer mágico que visse você se recusaria a fazer outra igual.

– Suponho que vamos ver o Homem de Lata, porque estamos indo para o País dos Winkies – disse o menino.

– Para quê? – perguntou o lenhador.

– Para pegar a asa esquerda de uma borboleta amarela.

– É uma longa viagem – declarou o homem –, e vocês vão ter que cruzar rios e atravessar florestas escuras antes de chegar lá.

– Para mim, parece que está tudo bem – disse Aparas. – Vou ter a oportunidade de conhecer o país.

– Você está louca, menina. É melhor entrar em uma sacola e se esconder aqui; ou ser dada de presente a alguma menina para ela brincar com você. Os que viajam até lá acabam encontrando encrenca; é por isso que fico em casa.

O lenhador então convidou a todos para ficarem por aquela noite em sua pequena cabana, mas eles estavam ansiosos por ir em frente, então deixaram o homem e continuaram pela trilha, que era mais larga agora, e mais nítida.

Eles esperavam alcançar alguma outra casa antes que escurecesse, mas o sol se pôs rapidamente, e Ojo então começou a recear que eles tivessem cometido um engano ao deixar o lenhador.

– Mas consigo enxergar a trilha – disse ele por fim. – Você consegue enxergá-la, Aparas?

– Não – replicou a Menina de Retalhos, que logo segurou o braço do menino para que ele a guiasse.

– Eu consigo ver – declarou a Gata de Vidro. – Meus olhos são melhores do que os de vocês, e meu cérebro cor-de-rosa...

– Não me fale mais de seu cérebro cor-de-rosa, por favor – disse Ojo rapidamente –, apenas vá na frente e nos mostre o caminho. Espere um pouco que vou amarrar uma corda em você, para que possamos segui-la.

Tirou uma corda do bolso e a amarrou em volta do pescoço da gata; então a criatura passou a guiá-los ao longo da trilha. Continuaram assim por cerca de uma hora, quando uma cintilante luz azul apareceu à frente deles.

– Que bom! Uma casa, finalmente – gritou Ojo. – Quando chegarmos lá, com certeza essa boa gente vai nos dar as boas-vindas e oferecer um lugar para passarmos a noite.

Contudo, por mais que eles andassem, a luz não parecia aproximar-se; então, dali a pouco a gata parou, dizendo:

– Acho que a luz também está viajando, e nunca seremos capazes de alcançá-la. Mas há uma casa aqui bem na beira da estrada, então por que ir mais longe?

– Onde está a casa, Engano?

– Bem aqui, ao nosso lado, Aparas.

Ojo agora já conseguia ver uma pequena casa perto da trilha. Estava escura e silenciosa, mas o menino estava cansado e queria descansar, então foi até a porta e bateu.

– Quem é? – gritou uma voz de dentro.

– Sou eu, Ojo, o Azarado, e comigo estão a senhorita Aparas de Retalhos e a Gata de Vidro – respondeu.

– O que vocês querem? – perguntou a voz.

– Um lugar para dormir – disse Ojo.

– Entrem, então; mas não façam nenhum barulho, e podem ir diretamente para a cama – retornou a voz.

Ojo abriu a porta e entrou. Estava muito escuro ali e ele não podia ver nada. Mas a gata exclamou: – Ora, não há ninguém aqui!

– Deve haver – disse o menino. Alguém falou comigo.

– Posso ver tudo nesta sala – replicou a gata –, e não há ninguém aqui a não ser a gente. Mas existem três camas, todas já feitas, de modo que podemos ir dormir.

– O que é dormir? – perguntou a Menina de Retalhos.

– É o que você faz quando vai para a cama – disse Ojo.

– Mas por que vai para a cama? – insistiu a Menina de Retalhos.

– Ei, ei! Vocês todos estão fazendo muito barulho – gritou a voz que eles tinham ouvido antes. – Fiquem quietos, estranhos, e vão para a cama.

A gata, que podia ver no escuro, procurou intensamente em volta o dono da voz, mas não encontrou ninguém, embora a voz parecesse estar perto deles. Ela arqueou um pouco as costas e pareceu ter medo. Então, cochichou para Ojo: – Venha! – e o levou até uma das camas.

Com as mãos, o menino tateou a cama e descobriu que era grande e macia, com travesseiros de penas e cheia de mantas. Então, ele tirou os sapatos e o chapéu, e se enfiou na cama. Depois a gata levou Aparas para outra cama, e a Menina de Retalhos ficou quebrando a cabeça para saber o que fazer com aquilo.

– Deite e fique quieta – cochichou a gata, advertindo-a.

– Posso cantar? – perguntou Aparas.

– Não.

– Posso dançar até amanhecer, se eu quiser?

– Você deve é ficar quieta – disse a gata, em voz baixa.

– Não quero – replicou a Menina de Retalhos, falando tão alto como normalmente. – Que direito tem você de ficar aí me dando ordens? Se eu quiser falar, ou gritar, ou sussurrar...

Antes que ela pudesse dizer alguma coisa mais, uma mão invisível pegou-a firmemente e a atirou para fora da porta, que fechou atrás dela com uma forte batida. Ela se encontrou caída ali na beira da estrada, e quando se levantou e tentou abrir a porta da casa de novo, descobriu que estava trancada.

– O que aconteceu com Aparas? – perguntou Ojo.

– Não se preocupe. Vamos dormir, ou então alguma coisa vai nos acontecer – respondeu a Gata de Vidro.

Então, Ojo acomodou-se na cama e caiu no sono, e estava tão cansado que só foi acordar já com o dia claro.

O FONÓGRAFO ENCRENQUEIRO

Quando o menino abriu os olhos, na manhã seguinte, olhou cuidadosamente por toda a sala. Aquelas pequenas casas dos munchkins raramente tinham mais do que um cômodo. Essa em que Ojo se encontrava agora tinha três camas, alinhadas do mesmo lado da sala. A Gata de Vidro dormiu em uma cama, Ojo na segunda, e a terceira estava arrumada e pronta para o dia. Do outro lado da sala havia uma mesa redonda onde o café da manhã já estava servido, fumegando. Havia apenas uma cadeira junto à mesa, onde um lugar tinha sido colocado para uma pessoa. Não parecia haver mais ninguém na sala a não ser o menino e Engano.

Ojo levantou-se e calçou os sapatos. Encontrando uma bancada sanitária ao lado da cabeceira da cama, lavou o rosto e as mãos, e penteou o cabelo. Então foi até a mesa e disse:

— Queria saber: este é o meu café da manhã?

— Coma! — ordenou a Voz a seu lado, tão perto que Ojo deu um pulo. Mas não se via ninguém.

Ele estava faminto, e o café da manhã parecia bom; então ele sentou-se e comeu tudo o que quis. Depois, levantando-se, pegou o chapéu e acordou a Gata de Vidro.

– Venha, Engano – disse ele –, temos que partir.

Ele deu mais uma olhadela pela sala e, falando para o ar, disse:

– Seja quem for que more aqui, foi muito gentil comigo e agradeço muito.

Não houve resposta, então ele pegou sua cesta e saiu pela porta, seguido pela gata. No meio da trilha estava sentada a Menina de Retalhos, brincando com pedrinhas que ela encontrara por ali.

– Ah, aí estão vocês! – exclamou ela alegremente. – Pensei que nunca iriam sair. Já faz tempo que é dia claro.

– O que você fez a noite toda? – perguntou o menino.

– Fiquei sentada aqui, olhando as estrelas e a Lua – replicou. Elas são interessantes. Eu nunca tinha visto esses astros antes, sabe?

– Claro que não – disse Ojo.

– Você foi doida de agir tão mal e ser jogada para fora – observou Engano, enquanto eles retomavam a viagem.

– Está tudo bem – disse Aparas. – Se eu não tivesse sido jogada para fora, não teria visto as estrelas, nem o grande lobo cinzento.

– Que lobo? – perguntou Ojo.

– Um que veio até a porta da casa por três vezes durante a noite.

– Não vejo por que isso aconteceria – disse o menino, pensativo –, havia muita coisa para comer na casa, porque tomei um ótimo café da manhã e dormi numa bela cama.

– Você não está cansado? – perguntou a Menina de Retalhos, notando que o menino bocejava.

– Ah, sim; estou tão cansado como estava ontem à noite, apesar de ter dormido muito bem.

– E não está com fome?

– É estranho – replicou Ojo. – Tomei um ótimo café da manhã, e, ainda assim, acho que agora ainda comeria algumas de minhas bolachas e queijo.

Aparas dançou para cima e para baixo na trilha. Então cantou:

Hirta, herta, horta,
O lobo está na porta,
Nada para comer,
Só um osso que nem carne tem,
E a conta do armazém.

– E o que significa? – perguntou Ojo.

– Não me pergunte – replicou Aparas. – Eu sei o que vem na minha cabeça, mas é claro que não sei nada de armazém ou ossos... ou qualquer coisa assim.

– Não – disse a gata –, ela é insana, doente da cabeça, e o cérebro dela não deve ser cor-de-rosa, caso contrário funcionaria de maneira adequada.

– Que se lixe o cérebro! – gritou Aparas. – Quem se importa com isso? – Vocês já viram como meus retalhos ficam bonitos na luz do sol?

Nesse momento eles ouviram um som como se fosse de passos andando pela trilha atrás deles, e os três se viraram para ver quem estava vindo. Para surpresa deles, viram uma pequena mesa redonda correndo o mais rápido que suas quatro pernas permitiam, e em cima dela girava rápido um fonógrafo com um grande cone acústico dourado.

– Espere aí! – gritou o fonógrafo. – Esperem por mim!

– Puxa! É aquela caixa de música em que o Mágico Torto polvilhou o Pó da Vida – disse Ojo.

– É mesmo – retornou Engano, em um tom de voz ranzinza; e então enquanto o fonógrafo os alcançava, a Gata de Vidro acrescentou asperamente: – Ora, ora, e o que está fazendo aqui?

– Saí correndo – disse a caixa de música. – Após vocês saírem, o velho doutor Pipt e eu tivemos uma horrível discussão, e ele ameaçou me arrebentar em pedaços se eu não ficasse quieto. É claro que eu não poderia ficar quieto, porque uma máquina falante deve falar e fazer barulho... e às vezes tocar música. Então escapei da casa enquanto o Mágico estava fervendo suas quatro chaleiras e vim correndo atrás de vocês durante toda a noite. Agora que encontrei tão agradável companhia, posso falar e tocar melodias o quanto quiser.

Ojo ficou muito aborrecido com esse indesejado acréscimo ao grupo deles. Em primeiro lugar, ele não sabia o que dizer ao recém-chegado, mas um pouco de atenção o fez decidir não fazer amigos.

– Estamos viajando em um negócio importante – declarou –, e vai me desculpar por lhe dizer que não queremos ser incomodados.

– Que falta de educação! – exclamou o fonógrafo.

– Sinto muito, mas é verdade – disse o menino. – Você deve ir para outro lugar qualquer.

– Esse tratamento é muito indelicado, devo dizer – lamuriou-se o fonógrafo, em um tom magoado. – Todo mundo parece me odiar, e eu sou destinado a divertir as pessoas.

– Não é a você especialmente que odiamos – observou a Gata de Vidro –, é à sua música horrível. Quando eu vivia na mesma sala com você, ficava muito aborrecida com seu estridente cone acústico. Ele ruge, rosna, estala e arranha tanto que estraga a música, e sua maquinaria ronca tanto que a barulheira encobre qualquer música que você tente tocar.

– Isso não é culpa minha, é culpa de meus discos. Devo admitir que não tenho um disco limpo – respondeu a máquina.

– Dá na mesma, você tem que ir embora – disse Ojo.

– Espere um minuto! – gritou Aparas. – Essa caixa de música me interessa. Eu me lembro de que ouvi música quando vim à vida, e gostaria de ouvi-la de novo. Qual é o seu nome, meu pobre e maltratado fonógrafo?

– Victor Columbia Edison – respondeu ele.

– Bem, vamos chamar você de "Vic", para encurtar – disse a Menina de Retalhos. – Vá em frente e toque alguma coisa.

– Vai me deixar louca – alertou a gata.

– E eu estou louca agora – de acordo com sua afirmação. – Relaxe e solte a música, Vic.

– O único disco que tenho comigo – explicou o fonógrafo – é um que o Mágico colocou pouco antes de nossa discussão. É uma composição altamente clássica.

– Uma o quê? – perguntou Aparas.

– É uma música clássica, e é considerada a mais enigmática já composta. Espera-se que você goste, gostando ou não, e se não gostar, a coisa mais adequada é olhar como se estivesse gostando. Entendeu?

– Nem de longe – disse Aparas.

– Então, ouça!

Imediatamente a máquina começou a tocar, e em poucos minutos Ojo pôs as mãos sobre os ouvidos para não escutar, a gata grunhiu e Aparas desatou a rir.

– Corta isso, Vic – disse ela. – É o suficiente.

Mas o fonógrafo continuou a tocar a monótona melodia, então Ojo agarrou a manivela, arrancou-a fora e a jogou no meio da trilha. Contudo, no momento em que a manivela bateu no chão, pulou de volta para a máquina e começou a girar novamente. E, ainda assim, a música voltou a tocar.

– Vamos correr! – gritou Aparas, e todos eles desandaram a correr ladeira abaixo pela trilha tão rápido quando podiam. Mas o fonógrafo estava logo atrás deles, e podia correr e tocar ao mesmo tempo. Ele gritou, de maneira repreensiva:

– Qual é o problema? Vocês não gostam de música clássica?

– Não, Vic – disse Aparas, parando. – Vamos do clássico para o básico, e preservar a alegria que tínhamos. Não tenho nervos, graças aos céus, mas sua música faz meu algodão encolher.

– Então vire o meu disco. Do outro lado, o ritmo é um *ragtime*[2].

– O que é *ragtime*?

– O oposto de clássico.

– Está bem – disse Aparas, e virou o disco.

O fonógrafo então começou a tocar uma agitada mistura de sons que se mostravam tão desconcertantes que, depois de um momento, Aparas enfiou o avental de retalhos na boca do cone acústico dourado e gritou:

– Pare... Pare! Esse é o outro extremo. É extremamente ruim!

Mesmo abafado como estava, o fonógrafo continuou a tocar.

– Se você não parar com essa música agora, eu vou quebrar o disco – ameaçou Ojo.

Com isso, a música parou; a máquina virou seu cone de um para o outro e disse, com grande indignação:

– Qual é o problema agora? Será possível que vocês não conseguem apreciar um *ragtime*?

– Aparas até consegue, pois é feita de retalhos e rasgos – disse a gata –, mas eu simplesmente não consigo suportar isso; faz meus bigodes se enrolarem.

– É realmente horrível! – exclamou Ojo, com um tremor.

– É o suficiente para enlouquecer uma senhorita doida – murmurou a Menina de Retalhos. – Vou lhe dizer uma coisa, Vic – acrescentou ela, enquanto tirava seu avental do cone e o colocava de novo –, por uma

---

[2] Estilo musical ritmado e sincopado, do início do século XX, originário da mistura da música afro--americana com a música de dança dos brancos e importante formador do jazz. (N.T.)

razão ou outra você perdeu sua convidada. Isso não é um concerto, e sim uma barulheira.

– A música tem encantos que reconfortam o ânimo mais selvagem – afirmou o fonógrafo tristemente.

– Então, não somos selvagens. Eu aconselho você a ir para casa e pedir perdão ao Mágico.

– Nunca! Ele me arrebentou.

– É o que nós vamos fazer, se você ficar aqui – declarou Ojo.

– Corra, Vic, e vá amolar qualquer outro – aconselhou Aparas. – Encontre alguém que seja realmente malvado e fique com ele até que ele se arrependa. Dessa maneira, você pode fazer algum bem no mundo.

A caixa de música foi se afastando silenciosamente e desceu uma trilha lateral em direção à distante cidade dos munchkins.

– Então, é por esse caminho que nós vamos seguir? – perguntou Engano ansiosamente.

– Não – disse Ojo –, acho que devemos seguir sempre em frente, porque esta trilha é a mais larga e a melhor. Quando chegarmos a alguma casa, vamos perguntar qual é o caminho para a Cidade das Esmeraldas.

A CORUJA TOLA E O BURRO SÁBIO

Eles foram em frente, e uma firme caminhada de meia hora os levou a uma casa um pouco melhor do que as duas outras por onde haviam passado. Ficava junto à trilha e na porta havia uma placa que dizia:

SENHORITA CORUJA TOLA E SENHOR BURRO SÁBIO: CONSELHEIROS PÚBLICOS

Quando Ojo leu a placa em voz alta, Aparas disse, rindo:
— Bem, está aí um lugar onde podemos ter todos os conselhos que quisermos, talvez mais do que precisamos. Vamos lá.
O menino bateu na porta.
— Entre! — disse uma voz grave, profunda.
Então eles abriram a porta e entraram na casa, onde um pequeno burro castanho-claro, vestido com um avental azul e um boné azul, estava tirando o pó da mobília com um pano azul. Em uma prateleira

acima da janela estava sentada uma grande coruja azul com um boné azul na cabeça, piscando os olhos redondos e grandes para os visitantes.

– Bom dia – disse o burro, com voz profunda, que parecia maior do que era. – Vieram até nós para pedir conselho?

– Por que viemos? Viemos a esmo – replicou Aparas –, e agora que estamos aqui podemos também obter alguns conselhos. É de graça, não?

– Claro – disse o burro. – Conselho não custa nada... a menos que o sigam. Permitam-me dizer, por falar nisso, que vocês são os viajantes mais estranhos que já vieram à minha loja. Julgando-os simplesmente pelas aparências, acho que seria melhor falarem com a Coruja Tola ali.

Eles viraram-se para olhar o pássaro, que abanava as asas e olhava de volta para eles com seus grandes olhos.

– Hut-ti-tut-ti-fu! – exclamou a coruja.

Fido-cum-fu,
Como-vão?
Rido-cum, tido-cum,
Tu-ra-la-lu!

– Isso aí supera a sua poesia, Aparas – disse Ojo.

– É uma bobagem! – declarou a Gata de Vidro.

– Mas é um bom conselho para os tolos – disse o burro, admirado. – Ouçam minha parceira e vocês não vão errar.

Disse a coruja em voz sonora:

A Menina de Retalhos ganhou vida;
Sem amor e sem guarida;
Com pouco senso e muita diversão,
Vai ser esnobada pela multidão.

— Que cumprimento! Que cumprimento posso dizer — exclamou o burro, virando-se para olhar Aparas. — Você é uma maravilha, é claro, minha cara, e imagino que dará uma esplêndida alfineteira. Se você me pertencesse, eu usaria óculos esfumaçados ao olhar para você.

— Por quê? — perguntou a Menina de Retalhos.

— Porque você é muito alegre e espalhafatosa.

— É minha beleza que ofusca você — afirmou ela. — Vocês, munchkins, vivem por aí se pavoneando com sua estúpida cor azul, enquanto eu...

— Está errada em dizer que sou munchkin — interrompeu o burro —, porque nasci na Terra de Mo e vim visitar a Terra de Oz no dia em que foi fechada para o resto do mundo. Então fui obrigado a ficar, e confesso que este é um país agradável de viver.

— Hut-ti-tut! — exclamou a coruja, e disse:

> *Ojo procura um encanto,*
> *Porque Unc Nunkie se lesou,*
> *Os encantos são raros; difíceis um tanto;*
> *Ojo vai ter trabalho, vence quem nele apostou!*

— A coruja é assim tão tola? — perguntou o menino.

— Extremamente — replicou o burro. — Note que expressões vulgares ela usa. Mas admiro a coruja porque ela é positivamente tola. As corujas são tidas como tão sábias, em geral, que uma tola é incomum, e talvez você saiba que qualquer coisa ou pessoa incomum é certamente interessante para o sábio.

A coruja abanou as asas novamente, resmungando estas palavras:

> *É duro ser gata de vidro...*
> *Nenhuma é mais dura que isso;*
> *Ela é tão transparente, que todo ato*
> *Para nós é claro, e isso é um fato.*

– Vocês notaram meu cérebro cor-de-rosa? – perguntou Engano, orgulhosamente. – Vocês podem vê-lo funcionar.

– Não durante o dia – disse o burro. – Ela não enxerga muito bem de dia, pobrezinha. Mas seu conselho é excelente. Aconselho vocês todos a segui-lo.

– Mas a coruja ainda não nos deu nenhum conselho – declarou o menino.

– Não? Então como você chama todos esses doces poemas?

– Apenas tolices – replicou Ojo. – Aparas faz a mesma coisa.

– Tolice! Claro! Pode ter certeza! A Coruja Tola deve ser tola ou não seria a Coruja Tola. Vocês são muito elogiosos com minha parceira, realmente – afirmou o burro, esfregando os cascos da frente como se estivesse muito satisfeito.

– A placa diz que você é sábio – relembrou Aparas ao burro. – Gostaria que você provasse isso.

– Com grande prazer – retornou o animal. – Faça um teste comigo, minha cara Retalhos, e provarei minha sabedoria em um piscar de olhos.

– Qual é a melhor maneira de chegar à Cidade das Esmeraldas? – perguntou Ojo.

– Andando – disse o burro.

– Eu sei, mas qual caminho devemos tomar? – foi a próxima pergunta do menino.

– A estrada de tijolos amarelos, claro. Leva diretamente à Cidade das Esmeraldas.

– E como encontramos a estrada de tijolos amarelos?

– Continuando em frente pela trilha que vêm seguindo. Vocês logo vão chegar aos tijolos amarelos, e vão saber quando os virem, porque eles são as únicas coisas amarelas no país azul.

– Obrigado – disse o menino. – Finalmente você me disse alguma coisa.

– Essa é toda a extensão de sua sabedoria? – perguntou Aparas.

– Não – replicou o burro –, sei muitas outras coisas, mas elas não seriam do interesse de vocês. Então lhes dou uma última palavra como conselho: mexam-se, pois quanto mais rápido forem, mais rápido chegarão à Cidade das Esmeraldas.

– Hut-ti-tut-ti-tut-ti-tu! – guinchou a coruja, e disse:

Depressa ou devagar, embora vocês vão!
Aonde, não sabem não.
Menino munchkin, Engano, Retalhos,
Encarando a boa ou má sorte,
E perigos de grande porte,
Preocupados ou alegres...
Aonde, não sabem não,
Nem eu, mas embora vocês vão!

– Soa como uma pista para mim – disse a Menina de Retalhos.

– Então, vamos segui-la e ir embora – replicou Ojo.

Eles disseram adeus ao Burro Sábio e à Coruja Tola, e logo retomaram a viagem.

ELES ENCONTRAM O ZONZO

— Parece haver muito poucas casas por aqui, afinal de contas — observou Ojo, após eles andarem por algum tempo em silêncio.

— Não importa — disse Aparas —, não estamos procurando casas, mas sim a estrada de tijolos amarelos. Não seria divertido correr sobre alguma coisa amarela neste triste país azul?

— Existem cores piores do que a amarela neste país — assegurou a Gata de Vidro, em tom maldoso.

— Ah, você quer dizer as pedrinhas cor-de-rosa que você chama de cérebro, e seu coração vermelho e olhos verdes? — perguntou a Menina de Retalhos.

— Não; quero dizer você, se quer saber — resmungou a gata.

— Está com ciúme! — riu Aparas. — Você daria seus bigodes por uma adorável e variada compleição como a minha.

— Eu não! — replicou a gata. — Tenho a compleição mais brilhante do mundo, e nem precisei de um doutor beleza.

— Estou vendo que não — retrucou Aparas.

— Por favor, não discutam — pediu Ojo. — Esta é uma viagem importante, e discutir me desencoraja. Para sermos corajosos, precisamos estar animados, então espero que vocês estejam com o máximo de bom humor possível.

Eles tinham viajado uma longa distância quando de repente deram de cara com uma alta cerca que barrava qualquer tentativa de ir adiante. Atravessava o leito da estrada e cercava uma pequena floresta de altas árvores, plantadas bem juntas. Quando o grupo de aventureiros olhou por entre as tábuas da cerca, todos acharam que aquela floresta parecia mais triste e esquecida do que qualquer outra que já tinham visto.

Logo descobriram que a trilha que tinham seguido fazia agora uma curva e passava em volta da área fechada, mas o que fez Ojo parar e olhar pensativamente foi uma placa na cerca que dizia:

CUIDADO COM O ZONZO

– Isso significa – disse ele – que existe um zonzo dentro dessa cerca, e o zonzo deve ser um animal perigoso, ou não estariam alertando as pessoas para isso.

– Vamos ficar aqui fora, então – replicou Aparas. – Essa trilha passa fora da cerca, e o senhor Zonzo pode ficar com toda a sua pequena floresta para si.

– Mas uma de nossas incumbências é encontrar um zonzo – explicou Ojo. – O Mágico quer que eu pegue três fios da ponta da cauda do Zonzo.

– Vamos em frente e procurar algum outro Zonzo – sugeriu a gata. – Esse é feio e perigoso, ou não teria sido enjaulado aqui. Talvez encontremos outro que seja manso e afável, não?

– Talvez não exista nenhum outro – respondeu Ojo. – A placa não dizia: "Cuidado com algum zonzo"; diz: "Cuidado com o Zonzo", o que pode significar que exista apenas um em toda a Terra de Oz.

– Então – disse Aparas –, já imaginou se a gente entra e encontra o bicho? É bem provável que, se lhe pedirmos educadamente para arrancar três pelos da ponta de sua cauda, ele não nos machuque.

– Mas machucaria o bicho, tenho certeza, e o deixaria bravo – disse a gata.

– Você não precisa preocupar-se, Engano – observou a Menina de Retalhos –, porque se houver perigo podemos subir em uma árvore. Ojo e eu não temos medo, não é, Ojo?

– Eu tenho, um pouco – admitiu o menino –, mas esse perigo tem que ser enfrentado, se quisermos salvar o pobre Unc Nunkie. Como vamos conseguir passar por cima da cerca?

– Subindo – respondeu Aparas, e de repente começou a subir pelas tábuas da cerca. Ojo a seguiu e achou mais fácil do que esperava. Quando chegaram ao alto da cerca, começaram a descer do outro lado e logo estavam na floresta. A Gata de Vidro, por ser menor, deslizou por entre as tábuas mais baixas e juntou-se a eles.

Ali não havia nenhuma trilha de espécie alguma, mesmo assim eles penetraram na mata. O menino foi abrindo caminho e se embrenharam em meio às árvores, até se aproximarem do centro da floresta. Então chegaram a uma clareira na qual havia uma caverna rochosa.

Até ali eles não tinham encontrado nenhuma criatura viva, mas quando Ojo viu a caverna percebeu que devia ser a toca do Zonzo.

É duro encarar qualquer animal selvagem sem um aperto no coração, mas ainda mais terrível é encarar um animal desconhecido, que você nunca viu nem em figura. Assim, não era nenhuma surpresa que o pulso do menino munchkin batesse mais rápido enquanto ele e suas companheiras encaravam a caverna. A entrada era perfeitamente quadrada, e grande o suficiente para permitir a passagem de uma cabra.

– Acho que o Zonzo está dormindo – disse Aparas. – Deve atirar uma pedra para acordá-lo?

– Não, por favor, não faça isso – respondeu Ojo, com a voz tremendo um pouco. – Não estou com pressa.

Mas ele não teve que esperar muito, porque o Zonzo ouviu o som de vozes e veio trotando para fora da caverna. Como aquele era o único Zonzo que já existira, fosse na Terra de Oz ou fora dali, devo descrevê-lo para vocês.

A criatura era toda quadrada e tinha as faces e as bordas planas. Sua cabeça era um quadrado exato, como aqueles blocos de montar com que as crianças brincam; além disso, não tinha orelhas, mas ouvia os sons através de duas aberturas nos cantos superiores do bloco. O nariz, situado no centro de uma face quadrada, era plano, enquanto a boca era formada por uma abertura na borda inferior do bloco. O corpo do Zonzo era muito maior do que a cabeça, mas tinha o formato de um bloco – sendo duas vezes mais comprido do que largo ou alto. A cauda era quadrada e curta, e perfeitamente reta, e as quatro pernas eram feitas da mesma maneira, cada uma com quatro lados. O animal era coberto por uma pele espessa e macia, e não tinha pelo algum, a não ser na extremidade da cauda, onde cresciam exatamente três pelos retos e duros. A cor do animal era azul-escura, e seu rosto não tinha uma expressão nem violenta nem feroz, mas bem-humorada e engraçada.

Vendo os estranhos, o Zonzo dobrou as pernas de trás como se tivessem articulações e sentou-se para examinar os visitantes.

– Bem, bem! – exclamou ele – que grupo esquisito vocês são! Primeiro pensei que alguns desses miseráveis fazendeiros munchkins tivessem vindo me aborrecer, mas estou aliviado por encontrar vocês em vez deles. É óbvio para mim que vocês são um grupo fora do comum, tão fora do comum ao seu modo como eu sou ao meu, portanto são bem-vindos ao meu domínio. Belo lugar, não? Mas solitário… terrivelmente solitário.

– Por que trancaram você aqui? – perguntou Aparas, que examinava a esquisita criatura quadrada com muita curiosidade.

– Porque eu como todas as abelhas melíferas que os fazendeiros munchkins que vivem em volta daqui criam para fazer o seu mel.

– Você aprecia muito as abelhas melíferas? – perguntou o menino.

– Muito. Elas são realmente deliciosas. Mas os fazendeiros não gostam de perder suas abelhas, e então tentam me destruir. É claro que não conseguiram.

– Por que não?

– Minha pele é tão grossa e dura que nada consegue atravessá-la e me ferir. Então, percebendo que não conseguiam me destruir, eles me colocaram nesta floresta e construíram uma cerca à minha volta. Maldade, não?

– Mas o que é que você come agora? – perguntou Ojo.

– Nada. Tentei comer as folhas das árvores, musgos e trepadeiras, mas elas não satisfazem meu paladar. Então, não havendo abelhas melíferas aqui, não tenho comido nada há anos.

– Você deve estar terrivelmente faminto – disse o menino. – Eu trouxe um pouco de pão e queijo na minha cesta. Você gostaria de comer um pouco?

– Se me der um pedaço, vou tentar comer; então vou poder lhe dizer melhor se agrada a meu paladar – retornou o Zonzo.

Então o menino abriu a cesta e partiu um pedaço de pão. Entregou-o ao Zonzo, que espertamente o pegou com a boca e o engoliu em uma só mordida.

– É bom – declarou o animal. Você tem mais?

– Experimente um pouco de queijo – disse Ojo, e atirou-lhe um pedaço.

O Zonzo comeu o queijo também, e lambeu seus grandes e finos lábios.

– É bem bom! – exclamou. – Tem mais?

– Bastante – replicou Ojo. Então, ele sentou-se em um toco de árvore e alimentou o Zonzo com pão e queijo por um bom tempo; porque, não importava quantos pedaços o menino partisse, o pão e o queijo permaneciam do mesmo tamanho.

– Vamos lá – disse o Zonzo, por fim –, estou quase satisfeito. Espero que essa estranha comida não me dê indigestão.

– Espero que não – disse Ojo. – É isso que eu como.

– Bem, devo lhe dizer muito obrigado, e estou feliz por vocês terem vindo – anunciou o animal. – Existe alguma coisa que eu possa fazer em troca de sua gentileza?

– Sim – disse Ojo rapidamente –, está em suas mãos me fazer um grande favor, se quiser.

– O que é? – perguntou o Zonzo. – Diga o que é e lhe faço esse favor.

– Eu... eu preciso de três pelos da ponta da sua cauda – disse Ojo, com alguma hesitação.

– Três pelos! Ora, é tudo o que eu tenho... na cauda, ou em qualquer outro lugar – exclamou o animal.

– Eu sei, mas preciso muito deles.

– São meus únicos ornamentos, minha característica mais bonita – disse o Zonzo, com dificuldade. – Se eu tirar esses três pelos, fico... fico sendo apenas um cabeça-dura.

– É que eu preciso muito deles – insistiu o menino firmemente, e então contou ao Zonzo tudo sobre o acidente com Unc Nunkie e Margolotte, e que os três pelos eram parte do encanto mágico que iria restituir os dois à vida. O animal ouviu com atenção e, quando Ojo terminou sua explicação, disse com um suspiro:

– Sempre cumpro minha palavra, porque me orgulho de ser quadrado[3]. Então você vai ter os três pelos, fique tranquilo. Penso que, nessas circunstâncias, seria egoísta de minha parte recusar isso.

---

[3] "Quadrado", em português como em inglês ("*square*"), também pode ter o sentido de "careta", mas em inglês ainda pode significar "honesto". No texto, a palavra aparece às vezes com este último sentido. (N.T.)

– Eu lhe agradeço! Agradeço muito a você – exclamou o menino, feliz. – Posso arrancar os pelos agora?

– Na hora que quiser – respondeu o Zonzo.

Então Ojo aproximou-se da estranha criatura e, agarrando um dos pelos, começou a puxar. Puxou com força. Puxou com toda a sua força; mas o pelo permaneceu firme.

– Qual é o problema? – perguntou o Zonzo, que já tinha sido arrastado por Ojo para cá e para lá na clareira na tentativa de arrancar o pelo.

– Não sai – disse o menino, ofegante.

– Eu temia isso – declarou o animal. – Você tem que puxar com mais força.

– Eu o ajudo – exclamou Aparas, vindo para o lado do menino. – Você puxa o pelo e eu puxo você, e juntos podemos arrancá-lo mais facilmente.

– Espere um instante – pediu o Zonzo, e então foi até uma árvore e agarrou-a com as patas da frente, assim seu corpo não poderia ser arrastado pelo puxão. – Tudo pronto, agora. Vamos!

Ojo agarrou o pelo com as duas mãos e o puxou com toda a sua força, enquanto Aparas segurava o menino pela cintura e se esforçava também. Mas o pelo não se movia. Em vez disso, ele escapou das mãos de Ojo e ele e Aparas rolaram no chão um por cima do outro e não pararam até baterem contra a caverna rochosa.

– Desistam – aconselhou a Gata de Vidro, enquanto o menino levantava-se e ajudava a Menina de Retalhos a ficar de pé. – Uma dúzia de homens fortes não conseguiria arrancar esses pelos. Acredito que eles estejam enganchados do lado de baixo da dura pele do Zonzo.

– Então, o que devemos fazer? – perguntou o menino, se desesperando. – Se voltarmos sem pegar esses três pelos para o Mágico Torto, as outras coisas que vim procurar não terão utilidade alguma e não poderemos restituir Unc Nunkie e Margolotte à vida.

– É um caso perdido, acho – disse a Menina de Retalhos.

– Não se preocupe – acrescentou a gata. – Não vejo por que o velho Unc e Margolotte mereçam todo esse trabalho.

Mas Ojo não pensava assim. Ficou tão desacorçoado que se sentou em um tronco e começou a chorar.

O Zonzo ficou olhando pensativamente para o menino.

– Por que não me levam junto com vocês? – perguntou o animal. – Então, quando vocês chegarem à casa do Mágico ele seguramente vai encontrar alguma maneira de puxar esses três pelos.

Ojo ficou muito feliz com essa sugestão.

– É isso! – exclamou, parando de chorar e ficando de pé com um sorriso. – Se eu levar os três pelos para o Mágico, não importa que ainda estejam no corpo de Zonzo.

– Não têm importância, afinal de contas – concordou o Zonzo.

– Vamos, então – disse o menino, pegando sua cesta –, vamos partir de uma vez. Tenho muitas outras coisas para encontrar, vocês sabem.

Mas a Gata de Vidro deu uma pequena risada e perguntou com seu jeito desdenhoso:

Como vocês pretendem tirar o animal desta floresta?

Isso deixou todos eles pensativos por algum tempo.

– Vamos até a cerca, e lá encontraremos uma maneira – sugeriu Aparas.

Então eles andaram pela floresta até a cerca, alcançando o ponto exatamente oposto àquele pelo qual tinham entrado ali.

– Como vocês entraram aqui? – perguntou o Zonzo.

– Subimos pela cerca – respondeu Ojo.

– Não consigo fazer isso – disse o animal. – Sou um corredor muito rápido, porque consigo pegar a abelha melífera enquanto voa; e posso pular muito alto, razão pela qual eles fizeram essa cerca bem alta para me manter aqui. Mas não consigo subir na cerca de jeito nenhum, e sou muito grande para me espremer entre as tábuas.

Ojo tentou pensar no que fazer.

– Você consegue cavar? – perguntou.

– Não – respondeu o Zonzo –, porque não tenho garras. Meus pés são bem chatos embaixo. Nem mesmo consigo roer as tábuas, porque não tenho dentes.

– Você não é uma criatura tão terrível, apesar de tudo – observou Aparas.

– Você não me ouviu uivar, ou não diria isso – declarou o Zonzo. – Quando uivo, o som ecoa como o trovão por todos os vales e bosques, e as crianças tremem de medo, as mulheres cobrem a cabeça com o avental, e os homens adultos correm e se escondem. Imagino que não haja nada no mundo tão terrível de ouvir quanto o uivo de um Zonzo.

– Por favor, não uive, então – pediu Ojo, sinceramente.

– Não há perigo de eu uivar porque não estou com raiva. Apenas quando estou com raiva é que emito meu uivo assustador, ensurdecedor e estremecedor de almas. Além disso, quando estou com raiva, meus olhos faíscam fogo, quer eu uive ou não.

– Fogo de verdade? – perguntou Ojo.

– Claro, fogo de verdade. Ou você acha que seria imitação de fogo? – perguntou o Zonzo, em tom ofendido.

– Nesse caso, problema resolvido – exclamou Aparas, dançando com alegria. – As tábuas dessa cerca são de madeira, e se o Zonzo chegar bem perto da cerca e deixar seus olhos em fogo, eles podem pôr fogo na cerca e queimá-la. Assim ele poderá ir embora com a gente facilmente, libertando-se.

– Ah, nunca pensei em um plano desse, ou teria me libertado há muito tempo – disse o Zonzo. – Mas não consigo deixar meus olhos em fogo a menos que esteja com raiva.

– Você não pode ficar com raiva de alguma coisa, por favor?

– Vou tentar. Apenas me diga "Krízou-kru".

– Isso vai deixar você raivoso? – perguntou o menino.

– Terrivelmente raivoso.

– O que significa isso? – perguntou Aparas.

– Não sei; mas é o que me deixa muito raivoso – replicou o Zonzo.

Então ele aproximou-se da cerca, com a cabeça bem perto de uma das tábuas, e Aparas disse "Krízou-kru!". Em seguida, Ojo disse: "Krízou-kru!" e a Gata de Vidro disse também "Krízou-kru!". O Zonzo começou a tremer de raiva e pequenas fagulhas dispararam de seus olhos. Vendo isso, todos eles gritaram "Krízou-kru!" juntos, e isso fez os olhos do animal lançarem fogo tão ferozmente que a tábua da cerca recebeu as fagulhas e começou a soltar fumaça. Então queimou em chamas, e o Zonzo deu um passo atrás e disse, triunfante:

– Ahá! Trabalho feito, muito bem. Foi uma ideia muito feliz vocês todos gritarem juntos, porque me deixou furioso como nunca fiquei. Belas fagulhas, não foram?

– Bons fogos de artifício – replicou Aparas, admirada.

Em poucos momentos a tábua queimou, por um espaço de alguns metros, deixando uma abertura grande o suficiente para eles todos passarem por ela. Ojo quebrou alguns galhos de uma árvore e com eles foi apagando o fogo até extingui-lo.

– Não devemos queimar toda a cerca – disse ele – porque as chamas iriam atrair a atenção dos fazendeiros munchkins, que poderiam vir aqui e capturar o Zonzo de novo. Acho que eles vão ficar bem surpresos quando descobrirem que ele escapou.

– Vão mesmo – declarou o Zonzo, rindo alegremente. – Quando descobrirem que fui embora, os fazendeiros ficarão muito assustados, porque vão imaginar que vou comer suas abelhas melíferas, como eu fazia antes.

– Isso me lembra – disse o menino – que você precisa prometer não comer mais as abelhas enquanto estiver em nossa companhia.

– Nenhuma?

– Nenhuma abelha. Isso iria colocar todos nós em uma encrenca, e não podemos nos arriscar a ter nenhum problema mais que o necessário. Vou alimentar você com todo pão e queijo que você quiser, e isso deverá deixá-lo satisfeito.

– Está bem, prometo – disse o Zonzo, alegremente. – E quando eu prometo alguma coisa, pode acreditar em mim, porque sou quadrado.

– Não vejo que diferença faz – observou a Menina de Retalhos, enquanto eles encontravam a trilha e continuavam a viagem. – A forma não torna uma coisa honesta, torna?

– Claro que sim – retornou o Zonzo, decididamente. – Ninguém poderia confiar nesse Mágico Torto, por sinal, exatamente porque ele é torto; mas um Zonzo quadrado não poderia fazer nada torto, ainda que quisesse.

– Eu não sou nem quadrada nem torta – disse Aparas, olhando para baixo, para seu corpo fofo.

– Não; você é roliça, por isso é capaz de fazer qualquer coisa – afirmou o Zonzo. – Não me culpe, senhorita Maravilhosa, se eu olhar para você com desconfiança. Muita fita de cetim tem as costas de algodão.

Aparas não compreendeu aquilo, mas tinha uma inquietante desconfiança de que ela mesma tivesse costas de algodão.

O HOMEM-FARRAPO VEM PARA RESGATAR

Não tinham ido muito longe quando Engano, que havia corrido na frente, veio pulando de volta dizendo que a estrada de tijolos amarelos estava logo ali adiante deles. Logo saíram correndo para ver como era aquela famosa estrada.

Ela era larga, mas não reta, pois serpenteava sobre colinas e vales, buscando os lugares mais fáceis. Em todo o seu comprimento e em toda a largura era pavimentada com lisos tijolos, de um amarelo brilhante, de modo que era plana e nivelada, a não ser em poucos lugares onde os tijolos tinham se quebrado ou haviam sido removidos, deixando buracos nos quais poderia tropeçar algum desavisado.

– Estou pensando – disse Ojo, olhando em direção acima e abaixo da estrada – qual caminho devo seguir.

– Qual é o seu destino? – perguntou o Zonzo.

– A Cidade das Esmeraldas – replicou.

– Então é para o oeste – disse o Zonzo. – Conheço esta estrada muito bem, porque cacei muitas abelhas melíferas por ela toda.

– Já esteve na Cidade das Esmeraldas? – perguntou Aparas.

– Não. Sou tímido por natureza, como vocês devem ter notado, por isso não me misturo muito em sociedade.

– Tem medo dos homens? – perguntou a Menina de Retalhos.

– Eu? Com meu uivo lancinante... meu uivo horrível, assustador? É claro que não. Não tenho medo de nada – declarou o Zonzo.

– Eu gostaria de poder dizer o mesmo – suspirou Ojo. – Acho que não devemos ter medo de nada quando chegarmos à Cidade das Esmeraldas, porque Unc Nunkie me disse que Ozma, nossa garota soberana, é muito amável e generosa, e tenta ajudar a todos os que estão com algum problema. Mas dizem que há muitos tipos perigosos, à espreita, na estrada para a grande Cidade Encantada, por isso devemos tomar todo cuidado.

– Espero que nada venha a me quebrar – disse a Gata de Vidro, em uma voz nervosa. – Sou um tanto frágil, vocês sabem, e não aguento pancadas muito duras.

– Se alguma coisa vier a desbotar as cores dos meus adoráveis retalhos, ficarei de coração partido – disse a Menina de Retalhos.

– Não tenho certeza se você tem coração – relembrou-a Ojo.

– Então eu ficaria com o algodão partido – persistiu Aparas. – Você acha que minhas cores são todas indesbotáveis, Ojo? – perguntou ela, ansiosamente.

– Parecem ser indesbotáveis pelo menos quando você corre – replicou ele; e então, olhando à frente deles, exclamou: – Ah, que árvores bonitas!

Eram mesmo árvores muito bonitas de ver, e os viajantes correram para observá-las mais de perto.

– Ora, não são árvores, não – disse Aparas. – São simplesmente plantas enormes.

Era o que elas realmente eram: montes de folhas grandes e largas que cresciam do chão para o alto, e alcançavam duas vezes a altura da Menina de Retalhos, que era um pouco mais alta do que Ojo. As plantas formavam fileiras dos dois lados da estrada, e em cada planta crescia uma dúzia ou mais de folhas grandes e largas, que balançavam continuamente dos dois lados da estrada, embora não houvesse vento algum. Mas a coisa mais curiosa dessas folhas balançantes era a cor. Todas pareciam ter uma cor de fundo, básica, azul, mas aqui e ali outras cores brilhavam por vezes no meio do azul – lindos tons de amarelo, que se tornavam cor-de-rosa, púrpura, laranja, escarlate, misturados com cores mais sóbrias, como tons de marrom e cinza –, ora surgiam como manchas ou faixas em algum lugar das folhas, ora desapareciam, e eram substituídas por outras cores e formas diferentes. As cores cambiáveis dessas grandes folhas eram muito bonitas, mas eram desconcertantes também, e a novidade da cena levou nossos viajantes a se aproximarem muito das plantas, onde permaneceram por um tempo observando-as com bastante interesse.

De repente, uma folha se vergou mais para baixo que o normal e tocou a Menina de Retalhos. Envolveu rapidamente a garota em uma espécie de abraço, cobrindo-a completamente em sua espessa dobra, e então se ergueu de volta até seu caule.

– Ué! Ela sumiu! – arquejou Ojo, assombrado, e prestando bastante atenção, pensou ouvir os abafados gritos de Aparas, vindos do centro da folha dobrada. Mas, antes que pudesse pensar no que devia fazer para salvar a menina, outra folha balançou para baixo e capturou a Gata de Vidro, envolvendo a pequena criatura até que ela ficasse completamente oculta, e então voltou de novo para seu caule.

– Cuidado! – gritou o Zonzo. – Vamos correr! Correr o mais rápido que pudermos, senão estaremos perdidos.

Ojo virou-se e viu o Zonzo correndo estrada acima. Mas a última folha da fileira de plantas pegou o animal mesmo correndo, e instantaneamente ele despareceu de vista.

O menino não tinha chance de escapar. Meia dúzia de grandes folhas balançava em direção a ele de diferentes direções e, enquanto ele hesitava, uma delas prendeu-o como em um abraço. Em um segundo ele estava no escuro. Então sentiu-se suavemente erguido até balançar no ar, e as dobras da folha o envolviam de todos os lados.

No início ele esforçou-se muito para escapar, gritando com raiva:

– Deixe-me sair! Deixe-me sair! – mas todos os esforços e protestos acabaram não tendo efeito algum. A folha segurou-o firmemente, e ele ficou preso.

Então Ojo acalmou-se e tentou pensar. Mas logo ficou desesperado ao lembrar que todo o seu pequeno grupo tinha sido capturado, inclusive ele, e não havia ninguém para salvá-los.

– Eu devia ter imaginado isso – soluçou, com tristeza. – Sou Ojo, o Azarado, e alguma coisa terrível seguramente está acontecendo comigo.

Ojo opôs resistência à folha, que o manteve ali, e descobriu que ela era macia, mas espessa e firme. Era como uma grande bandagem em volta dele, que achou difícil mover o corpo ou os membros para mudar de posição.

Passaram-se minutos, que se tornaram horas. Ojo ficou imaginando quanto tempo alguém poderia viver em tais condições, e se a folha iria sugar pouco a pouco sua força ou mesmo sua vida, para alimentar a si própria. O pequeno garoto munchkin nunca ouvira falar de ninguém que tivesse morrido na Terra de Oz, mas sabia que se podia sofrer muita dor. Seu maior medo nesse momento era permanecer prisioneiro naquela linda folha e nunca mais ver a luz do dia.

Nenhum som vinha até ele através da folha; tudo em volta estava em completo silêncio. Ojo ficou pensando se de fato Aparas tinha parado de gritar, ou eram as dobras das folhas que o impediam de ouvi-la. Pouco a pouco, achou que estava ouvindo um assobio, como se alguém estivesse assobiando uma melodia. Sim; devia ser realmente alguém assobiando, teve certeza, porque conseguiu acompanhar e identificar a bela melodia munchkin que Unc Nunkie costumava cantar para ele. O som era baixo e agradável, e, embora mal alcançasse os ouvidos de Ojo, era um som claro e harmonioso.

"Será que era a folha que assobiava?", imaginou Ojo. O som foi ficando cada vez mais próximo, e logo pareceu estar bem do outro lado da folha que o prendia.

De repente, a folha toda tombou e caiu, carregando o menino com ela, e enquanto ele se esticava em todo o seu comprimento, as dobras da folha foram relaxando e o libertaram. Ele rapidamente ficou de pé e percebeu que um homem estranho estava à sua frente – de aparência tão curiosa que o menino arregalou os olhos.

Era um homem grande, de bigode felpudo, sobrancelhas felpudas, cabelo felpudo – mas bondosos olhos azuis, tão mansos quanto os de uma vaca. Na cabeça, usava um chapéu de veludo verde com uma faixa bordada de joias, e aba toda felpuda. Belos laços felpudos envolviam-lhe o pescoço; o casaco, de barra toda esfarrapada, era enfeitado com botões de diamantes; a calça era um culote de veludo com fivelas adornadas de joias nos joelhos, e as pernas tinham barra esfarrapada em toda a volta. Do seu peito pendia um medalhão com a figura da princesa Dorothy, de Oz, e ele tinha na mão, enquanto olhava para Ojo, uma faca afiada, em forma de adaga.

– Ah! – exclamou Ojo, bastante admirado com a visão daquele estranho; e então acrescentou: – Quem me salvou, foi o senhor?

– Não vê? – replicou o outro, com um sorriso. – Sou o Homem-Farrapo.

– Sim; estou vendo – disse o menino, balançando a cabeça. – Foi o senhor que me resgatou daquela folha?

– Ninguém mais, pode estar certo. Mas tome cuidado, ou terei que salvá-lo outra vez.

Ojo deu um pulo, porque viu inúmeras folhas grandes se inclinando em sua direção, mas o Homem-Farrapo começou a assobiar novamente e, ao som do assobio, as folhas todas se empinaram nos caules e mantiveram-se paradas.

O homem então pegou Ojo pelo braço e o levou para a estrada, passando depressa pelas últimas das grandes plantas, e só parou de assobiar quando o menino estava em segurança.

– Você viu, a música encanta as folhas – disse ele. – Cantar ou assobiar, uma coisa ou outra, não importa, faz as folhas se comportarem, nada mais tem esse efeito. Eu sempre assobio quando passo por elas, assim elas sempre me deixam em paz. Hoje, enquanto passava por aqui, assobiando, vi uma folha enrolada e percebi que devia haver alguma coisa dentro dela. Cortei a folha com minha faca... e você caiu fora. Sorte eu estar passando por aqui, não é?

– O senhor é muito bacana – disse Ojo –, e lhe agradeço muito. Poderia fazer o favor de resgatar meus companheiros também?

– Que companheiros? – perguntou o Homem-Farrapo.

– As folhas agarraram todos eles – disse o menino. – Tem a Menina de Retalhos e...

– O quê?

– Uma menina feita de retalhos, sabe. Mas ela é viva, e seu nome é Aparas. E tem também a Gata de Vidro...

– Vidro? – perguntou o Homem-Farrapo.

– Toda de vidro.

– E vive?

– Sim – disse Ojo –, e seu cérebro é cor-de-rosa. E tem ainda o Zonzo...

– O que é um Zonzo? – perguntou o Homem-Farrapo.

– Ora, eu... eu não sei descrevê-lo – respondeu o menino, perplexo. – Mas é um animal estranho, com três pelos na ponta da cauda que precisam sair e...

– O que devia sair? – perguntou o Homem-Farrapo. – A cauda?

– Os pelos não saíram. Mas o senhor vai ver o Zonzo, se fizer o favor de resgatá-lo, e assim vai saber exatamente como ele é.

– Claro – disse o Homem-Farrapo, meneando a felpuda cabeça. E então voltou até o meio das plantas, parou, assobiou e descobriu as três folhas que tinham se enrolado em volta dos companheiros de Ojo. A primeira folha que ele cortou revelou Aparas, e ao vê-la o Homem-Farrapo afastou a cabeça felpuda, abriu a grande boca e riu de maneira tão felpuda e ainda assim tão feliz, que Aparas gostou dele de cara. Então ele tirou o chapéu, fez uma longa reverência e disse:

– Minha cara, você é uma maravilha. Preciso apresentá-la a meu amigo Espantalho.

Quando ele cortou a segunda folha, resgatou a Gata de Vidro, mas Engano estava tão amedrontada, que disparou como um relâmpago, porém, logo se juntou a Ojo e sentou-se ao lado dele, ofegante e tremendo. A última planta de toda aquela fileira tinha capturado o Zonzo, e um grande cacho no centro da folha enrolada mostrava plenamente onde ele estava. Com sua faca afiada, o Homem-Farrapo cortou o caule da folha, e, enquanto ela caía e se desenrolava, revelou o Zonzo, que escapou para longe do alcance das perigosas plantas.

UM BOM AMIGO

Logo todo o grupo estava reunido na estrada de tijolos amarelos, bem longe do alcance das belas mas ameaçadoras plantas. O Homem-Farrapo, olhando fixamente para cada um deles, pareceu ficar muito satisfeito e interessado.

– Tenho visto muitas coisas estranhas desde que cheguei à Terra de Oz – disse ele –, mas nunca nada tão esquisito como nestas aventuras. Vamos nos sentar um pouco para conversar e nos conhecer melhor.

– O senhor não viveu sempre na Terra de Oz? – perguntou o menino munchkin.

– Não; eu vivia no grande mundo exterior. Mas vim para cá uma vez com Dorothy, e Ozma deixou-me ficar.

– O que acha de Oz? – perguntou Aparas. – O clima e o país são bons?

– É o melhor país do mundo, ainda que seja um país encantado, e me sinto feliz sempre, desde que vivo ali – disse o Homem-Farrapo. – Mas me contem alguma coisa sobre vocês.

Então Ojo contou a história de sua visita à casa do Mágico Torto: disse que encontrou lá a Gata de Vidro, contou como a Menina de

Retalhos veio à vida, e falou do terrível acidente com Unc Nunkie e Margolotte. Então disse que tinha partido de lá para procurar as cinco coisas diferentes que o Mágico precisava para fazer o encanto que iria devolver à vida as figuras de mármores, e que um dos requisitos eram os três pelos da cauda do Zonzo.

– Nós encontramos o Zonzo – explicou o menino –, e ele concordou em nos dar os três pelos; mas não conseguimos arrancá-los. Então tivemos que trazer o Zonzo conosco.

– Entendo – retornou o Homem-Farrapo, que tinha ouvido com interesse toda a história. – Mas talvez eu, que sou grande e forte, possa puxar aqueles três pelos da cauda do Zonzo.

– Tente então, se quer ajudar – disse o Zonzo.

Assim, o Homem-Farrapo tentou, mas, por mais força que utilizasse ao puxar, não conseguiu tirar os pelos da cauda do Zonzo. Então sentou-se de novo, enxugou a face felpuda com um lenço de seda felpudo, e disse:

– Não importa. Se puderem levar o Zonzo com vocês até conseguirem o restante das coisas de que precisam, basta entregar o animal e seus três pelos ao Mágico Torto, e ele encontrará uma maneira de extraí-los. Quais são as outras coisas que precisam encontrar?

– Uma – disse Ojo – é um trevo de seis folhas.

– Vocês devem encontrar isso nos campos em volta da Cidade das Esmeraldas – disse o Homem-Farrapo. – Há uma lei que proíbe colher trevos de seis folhas, mas acho que posso pedir a Ozma que deixe vocês colherem um.

– Obrigado – replicou Ojo. – A próxima coisa é a asa esquerda de uma borboleta amarela.

– Para isso vocês devem ir até o País dos Winkies – declarou o Homem-Farrapo. – Nunca soube de nenhuma borboleta por lá, mas esse é o país amarelo de Oz, e é governado por um bom amigo meu, o Homem de Lata.

– Ah, já ouvi falar dele! – exclamou Ojo. – Deve ser um homem incrível.

– É mesmo, e tem um coração bastante generoso. Tenho certeza de que o Homem de Lata fará tudo o que estiver a seu alcance para ajudá-los a salvar seu tio Unc Nunkie e a pobre Margolotte.

– A coisa seguinte que devo encontrar – disse o menino munchkin – é um *gill* de água de um poço escuro.

– Não diga! Bem, isso é mais difícil – disse o Homem-Farrapo, coçando a orelha de maneira enigmática. – Nunca ouvi falar de um poço escuro, você já?

– Não – disse Ojo.

– Sabe onde se pode encontrar um? – perguntou o Homem-Farrapo.

– Nem imagino – disse Ojo.

– Então, precisamos perguntar ao Espantalho.

– O Espantalho! Mas, senhor, seguramente um espantalho não deve saber coisa alguma.

– A maioria dos espantalhos não sabe, admito – respondeu o Homem-Farrapo. – Mas este Espantalho de quem eu falo é muito inteligente. Ele afirma possuir o melhor cérebro de toda a Terra de Oz.

– Melhor do que o meu? – perguntou Aparas.

– Melhor do que o meu? – ecoou a Gata de Vidro. – O meu é cor-de-rosa, e pode-se vê-lo trabalhando.

– Bem, vocês não podem ver o cérebro do Espantalho trabalhando, mas ele pensa uma porção de coisas muito inteligentes – afirmou o Homem-Farrapo. – Se há alguém que saiba onde existe um poço escuro, é o meu amigo Espantalho.

– Onde ele mora? – perguntou Ojo.

– Ele tem um esplêndido castelo no País dos Winkies, perto do palácio do amigo dele, o Homem de Lata, e pode ser encontrado com frequência na Cidade das Esmeraldas, aonde vai visitar Dorothy no palácio real.

– Então vamos perguntar a ele sobre o poço escuro – disse Ojo.

– Mas do que mais esse Mágico Torto precisa? – perguntou o Homem-Farrapo.

– Uma gota de óleo do corpo de um homem vivo.

– Ah, mas não existe esse tipo de coisa.

– Foi o que pensei – replicou Ojo –, mas o Mágico Torto disse que a receita não exigiria isso se não fosse necessário, portanto preciso procurar até encontrá-lo.

– Eu lhe desejo boa sorte – disse o Homem-Farrapo, meneando a cabeça em dúvida –, mas imagino que você terá muito trabalho para conseguir uma gota de óleo do corpo de um homem vivo. Os corpos têm sangue, não óleo.

– O meu tem algodão – disse Aparas, começando uma pequena dança.

– Não duvido – retornou o Homem-Farrapo, admirado. – Você pode ser reconfortante e tão fofa como costumam ser os retalhos. Tudo o que lhe falta é dignidade.

– Odeio dignidade – exclamou Aparas, chutando longe uma pedrinha no ar e depois tentando pegá-la onde tinha caído. – Metade dos tolos e todas as pessoas sábias são dignas, e eu não sou nem uma coisa nem outra.

– Ela é doida – explicou a Gata de Vidro.

O Homem-Farrapo riu.

– Ela é encantadora à sua maneira – disse ele. – Tenho certeza de que Dorothy vai gostar muito dela, e o Espantalho vai adorá-la. Vocês disseram que estavam viajando para a Cidade das Esmeraldas?

– Sim – replicou Ojo. – Achei que era o melhor lugar para ir primeiro, porque o trevo de seis folhas pode ser encontrado lá.

– Vou com vocês – disse o Homem-Farrapo – e lhes mostro o caminho.

— Obrigado — exclamou Ojo. — Espero que isso não o afaste de seu caminho.

— Não — disse o outro —, eu não estava indo para nenhum lugar em particular. Sempre fui andarilho toda a minha vida, e, embora Ozma tenha me dado uma suíte com ótimos cômodos em seu palácio, continuei com a febre de viajar e fiquei perambulando pelo país. Já estou fora da Cidade das Esmeralda há várias semanas desta vez, e agora que encontrei você e seus amigos, tenho certeza de que vai ser interessante acompanhá-los à grande cidade de Oz e apresentá-los aos meus amigos.

— Será ótimo — disse o menino, agradecido.

— Espero que seus amigos não sejam dignos — observou Aparas.

— Alguns são, outros, não — respondeu ele —, mas eu nunca critico meus amigos. Já que são amigos verdadeiros, por mim podem ser o que quiserem.

— Tem algum sentido, isso — disse Aparas, meneando a cabeça em aprovação. — Vamos lá, e chegaremos à Cidade das Esmeraldas logo que possível — com isso ela correu pela trilha, pulando e dançando, e então voltou para esperar os outros.

— É uma boa distância daqui à Cidade das Esmeraldas — observou o Homem-Farrapo —, por isso não vamos chegar lá hoje, nem amanhã. Portanto, vamos fazer a viagem de maneira tranquila. Sou um velho viajante e descobri que nunca se ganha nada fazendo as coisas com pressa. "Vá com calma" é meu lema. Se vocês não conseguem ir com calma, vão com a calma que conseguirem.

Após andarem certa distância pela estrada de tijolos amarelos, Ojo disse que estava com fome e queria parar para comer um pouco de pão e queijo. Ofereceu uma porção do alimento ao Homem-Farrapo, que agradeceu, mas recusou.

— Quando começo minhas viagens — disse ele —, levo comigo refeições completas para durar várias semanas. Acho que vou me permitir fazer uma refeição agora, já que vamos parar mesmo.

Dizendo isso, pegou uma garrafa do bolso e despejou dali um tablete do tamanho de uma unha dos dedos de Ojo.

– Isto – anunciou o Homem-Farrapo – é uma refeição completa, de forma condensada. Invenção do grande professor Besourão, da Faculdade Real de Atletismo Científico. Contém sopa, peixe, carne assada, salada, bolinho de maçã, sorvete e bolinhas de chocolate, tudo reduzido até ficar deste tamanho pequeno, de modo que pode ser convenientemente carregado e engolido quando você estiver com fome e necessitar de uma refeição completa.

– Acho que vou gostar – disse o Zonzo. – Pode me dar um tablete, por favor.

Então o Homem-Farrapo deu ao Zonzo um tablete de sua garrafa, e o animal engoliu-o de uma vez.

– Você acabou de fazer uma refeição de seis pratos – declarou o Homem-Farrapo.

– *Puf!* – disse o Zonzo, revelando-se ingrato. – Eu queria saborear alguma coisa. Esse tipo de comida não tem graça.

– Deveríamos comer apenas para sustentar a vida – replicou o Homem-Farrapo –, e esse tablete é equivalente a uma boa refeição.

– Isso não me interessa. Quero algo que dê para mastigar e saborear – rosnou o Zonzo.

– Você está completamente errado, meu pobre Zonzo – disse o Homem-Farrapo, em tom de pena. – Pense como suas mandíbulas ficariam cansadas se tivesse que mastigar uma refeição completa equivalente a esse tablete... que você pode engolir de uma vez só.

– Mastigar não é cansativo, é divertido – continuou o Zonzo. – Sempre mastigo o favo de mel das abelhas melíferas, quando as pego. Você me dá um pouco de pão e queijo, Ojo?

– Não, não! Você já comeu uma boa refeição! – protestou o Homem--Farrapo.

– Pode ser – respondeu o Zonzo –, talvez eu me engane ao me esbaldar com pão e queijo. Posso não estar com fome, depois de comer todas as coisas que você me deu, mas considero esse negócio de comer uma questão de gosto, e prefiro perceber direito tudo o que entra em mim.

Ojo deu ao animal o que ele queria, mas o Homem-Farrapo balançou a cabeça felpuda de maneira reprovadora, e disse que não havia animal tão obstinado, duro de convencer, como o Zonzo.

Nesse momento, ouviram o som de passos, e erguendo os olhos viram o fonógrafo vivo e de pé diante deles. Parecia que a máquina havia passado por muitas aventuras desde que Ojo e seus camaradas viram-na pela última vez, porque o verniz de sua caixa de madeira estava todo estragado e arranhado, o que lhe dava uma aparência mais velha e gasta.

– Puxa! – exclamou Ojo, olhando firme. – O que aconteceu com você?

– Nem queira saber – replicou o fonógrafo, com uma voz triste e depressiva. – Tantas coisas foram atiradas em mim, desde que você me deixou, que daria para encher uma loja de departamentos e uma porção de balcões de liquidação.

– Será que está tão estropiado que não consegue tocar?

– Não; ainda sou capaz de reproduzir músicas deliciosas. Agora mesmo estou com um disco para tocar que é realmente incrível – disse o fonógrafo, tornando-se mais alegre.

– Isso é ruim – observou Ojo. – Não temos nenhuma objeção a você como máquina, você sabe; mas como tocador de música nós o odiamos.

– Então, por que eu fui inventado? – perguntou a máquina, em um tom indignado de protesto.

Eles se entreolharam inquisitivamente, mas ninguém respondeu a tal enigmática questão. Finalmente, o Homem-Farrapo disse:

– Eu gostaria de ouvir o fonógrafo tocar.

Ojo suspirou.

– Temos sido muito felizes desde quando o encontramos, senhor – disse ele.

– Eu sei. Mas um pouco de sofrimento, às vezes, faz a gente apreciar mais ainda a felicidade. Diga-me, Fono, que tipo de disco é esse que você diz que tem aí?

– É uma canção popular, senhor. Em todos os países civilizados, as pessoas comuns têm ficado doidas por ela.

– Faz as pessoas civilizadas ficarem doidas, hein? Então é perigosa.

– Doidas de alegria, quero dizer – explicou o fonógrafo. – Ouçam. Esta música vai provar que não é nenhuma ameaça a vocês, eu sei. Deixou o autor rico... para um autor. O nome é *My Lulu*.

Então, o fonógrafo começou a tocar. Vários sons estranhos e animados eram acompanhados por estas palavras, cantadas por um homem de voz anasalada, expressando muito vigor:

Ah wants mah Lulu, mah coal-black Lulu;
Ah wants mah loo-loo, loo-loo, loo-loo, Lu!
Ah loves mah Lulu, mah coal-black Lulu,
There ain't nobody else loves loo-loo, Lu![4]

– Ih... desligue isso! – gritou o Homem-Farrapo, pondo-se de pé num salto. – O que você pretende com tal impertinência?

– É a última canção popular – declarou o fonógrafo, falando em um tom de voz mal-humorado.

– Uma canção popular?

– Sim. Uma canção com uma letra que os de mente fraca podem lembrar, e aqueles ignorantes de música podem assobiar ou cantar. Isso

---

[4] A letra é escrita em uma espécie de dialeto que procura reproduzir a fala errada da população negra americana da época, cujo sentido é mais ou menos isto: "Eu quero minha Lulu, minha Lulu cor de carvão; / quero minha lu-lu, lu-lu, lu-lu, Lu! / Quero minha Lulu, minha Lulu cor de carvão, / Não existe mais ninguém que ame lu-lu, Lu!". (N.T.)

torna uma canção popular, e está chegando o tempo em que tomará o lugar de todas as outras canções.

– Esse tempo não vai chegar para nós, ainda não – disse o Homem-
-Farrapo com seriedade. – Eu mesmo tenho meu lado cantor, e não pretendo me esgoelar por nenhuma dessas suas Lulus cor de carvão. Quero você longe, senhor Fono; vá espalhar suas músicas pelo resto do país, se a generosidade das pessoas que encontrar lhe permitir andar por aí. Por ter participado dessa dolorosa obrigação eu...

Mas antes que ele pudesse dizer mais alguma coisa, o fonógrafo virou-se e saiu correndo pela estrada, tão rápido quanto suas pernas de mesa lhe permitiram, e logo havia desaparecido completamente da vista deles.

O Homem-Farrapo sentou-se novamente e pareceu bastante satisfeito.

– Alguém mais por aí vai poupar-me o trabalho de sumir com esse fonógrafo – disse ele –, porque não é possível que um tocador de música desse tipo dure muito na Terra de Oz. Quando estiverem descansados, meus amigos, poderemos retomar nosso caminho.

Durante a tarde, os viajantes encontraram-se em uma área solitária e desabitada do país. Mesmo os campos havia tempos que não eram mais cultivados, e a região começou a parecer um lugar selvagem. A estrada dos tijolos amarelos tinha sido abandonada e se tornara desnivelada e difícil para os caminhantes. Mato rasteiro crescia dos dois lados do caminho, enquanto enormes pedras se espalhavam por ela em abundância.

Mas isso não impediu Ojo e seus amigos de avançarem, ainda que penosamente, e eles venceram a jornada com brincadeiras e conversa animada. Quando ia anoitecer, eles alcançaram uma nascente de água cristalina que brotava de uma pedra alta, ao lado da estrada, e perto dessa nascente ficava uma choupana deserta. Parando ali, o Homem-
-Farrapo disse:

– Devemos passar a noite aqui, onde temos abrigo para quatro e boa água para beber. A estrada para além daqui está muito ruim; o pior é que ainda temos que viajar um tanto; então vamos esperar até amanhecer antes de enfrentá-la.

Todos concordaram; Ojo encontrou alguns galhos na choupana e acendeu uma fogueira no chão. O fogo deixou Aparas maravilhada, e ela dançou em frente ao fogo, até que Ojo a advertiu de que as chamas poderiam alcançá-la e queimá-la. Depois disso, a Menina de Retalhos manteve uma respeitável distância das labaredas, mas o Zonzo deitou-se diante do fogo como um grande cão e pareceu apreciar o calor.

Como jantar, o Homem-Farrapo comeu um de seus tabletes, mas Ojo escolheu seu pão com queijo como alimento mais satisfatório. Deu até mesmo uma porção ao Zonzo.

Quando escureceu e eles sentaram-se em círculo no chão da choupana, em frente à fogueira, não havia mobília de espécie alguma no lugar, Ojo disse ao Homem-Farrapo:

– O senhor não quer nos contar uma história?

– Não sou muito bom com histórias – foi a resposta –, mas sei cantar como um pássaro.

– Corvo ou gralha? – perguntou a Gata de Vidro.

– Como um pássaro canoro. Posso provar. Irei cantar um canção que eu mesmo compus. Não digam a ninguém que sou um poeta, pois iriam querer que eu escrevesse um livro. Não digam que consigo cantar, senão vão querer que eu grave discos para aquele fonógrafo horrível. Como não tenho tempo para ser um benfeitor público, canto esta pequena canção apenas para a diversão de vocês.

Estavam todos satisfeitos, prontos para serem entretidos, e ouviram com interesse o Homem-Farrapo cantar os seguintes versos que acompanhavam uma melodia nada desagradável:

A Menina de Retalhos de Oz

Canto uma canção de Oz, onde incríveis criaturas vivem.
Frutas e flores em pérgulas sombreadas pelos vales crescem,
Onde a magia é uma ciência e ninguém se surpreende
Quando coisas incríveis ocorrem, tudo o que não se entende.
A soberana, menina encantada que suas fadas adoram agradar,
Sempre usa seu cetro mágico para seus decretos reforçar
E tornar seu povo feliz, porque tem coração bom e puro
E ajudar os pobres e aflitos é o que sempre faz com apuro.
E há também a princesa Dorothy, doce como as rosas,
Uma menina do Kansas, onde, imagino, não há fadas;
E há o inteligente Espantalho, que tem o corpo cheio de palha,
Que fala palavras sábias, deixando as pessoas deslumbradas.
Não esqueci o Nick Lenhador, que virou o Homem de Lata,
E com seu terno coração, acha que matar o tempo é pecado,
Nem o professor Besourão, que por ter sido muito ampliado
Parece tão grande aos outros que sente um orgulho danado.
Jack Cabeça de Abóbora, velho camarada, também é cabeçudo,
Mas conseguiu renome porque cavalgou um mágico orelhudo;
O Cavalete é um esplêndido corcel, e embora de madeira,
Sabe truques incríveis, como um cavalo de qualquer maneira.
E agora eu lhes apresento o animal que a todos une...
O Leão Covarde, que treme de medo toda vez que ruge,
E ainda assim pode ser valente como qualquer leão,
Pois sabe que a covardia não é muito legal, não.
E então o Tic-Tac, Homem-Máquina, com graça e boa vontade:
Fala e anda mecanicamente, quando lhe dão toda a corda,
E também o Tigre Faminto, que gosta de bebês de verdade,
Mas nunca chega a comê-los porque lhe damos outra carne.
É difícil lembrar nesta terra todos os tipos que vivem nela,
Deixaria minha música longa e qualquer um de vocês cansado;

Mas atenção para a menção da sábia Galinha Amarela,
E nove lindos leitõezinhos que vivem num curral dourado.
Podem procurar pelo mundo – de costa a costa irão partir –
Ninguém vai se gabar de gente tão estranha ou em frangalhos;
Agora nosso museu raro uma gata de vidro pode incluir,
Também um zonzo e, finalmente, uma doida menina de retalhos.

Ojo gostou tanto dessa canção que aplaudiu o cantor, e Aparas o seguiu, batendo seus dedos acolchoados uns nos outros, embora não fizessem nenhum ruído. A gata deu pancadas no chão com suas patas de vidro... suavemente, para não quebrá-las, e o Zonzo, que estivera dormindo, acordou para perguntar que confusão era aquela.

– Raramente eu canto em público, por receio de que me requisitem para iniciar uma companhia de ópera – observou o Homem-Farrapo, que ficou satisfeito de ver que seus esforços foram apreciados. – Minha voz hoje está um pouco fora de forma; meio enferrujada talvez.

– Diga-me – disse a Menina de Retalhos –, sinceramente, todas essas pessoas esquisitas que mencionou realmente vivem na Terra de Oz?

– Todas elas. Mas esqueci de uma coisa: a gata cor-de-rosa de Dorothy.

– Que estranho! – exclamou Engano, sentando-se e olhando com interesse. – Uma gata cor-de-rosa? Que absurdo! É de vidro?

– Não; apenas uma gata comum.

– Então não vale tanto assim. Eu tenho cérebro cor-de-rosa, e pode ser visto trabalhando.

– A gata de Dorothy é toda cor-de-rosa – incluindo o cérebro –, a não ser os olhos. Chama-se Eureka. É muito querida no palácio real – disse o Homem-Farrapo, bocejando.

A Gata de Vidro pareceu ficar entediada.

– Acha que uma gata cor-de-rosa, de carne comum, é tão bonita como eu? – perguntou ela.

– Não sei dizer. Cada um tem um gosto – replicou o Homem-Farrapo, bocejando novamente. – Mas aqui vai uma dica que pode ser útil para vocês: fiquem amigos de Eureka e vão sentir-se firmes no palácio.

– Eu me sinto firme agora; firme como o vidro.

– Você não está entendendo – retorquiu o Homem-Farrapo, sonolento. – De qualquer modo, façam amizade com a gata cor-de-rosa e vocês se darão bem. Se a gata cor-de-rosa desprezá-los, cuidado com os quebradores.

– Será que alguém no palácio real quebraria uma Gata de Vidro?

– Pode ser. Nunca se sabe. Aconselho você a ronronar com suavidade e parecer humilde... se é que consegue. E agora vou para a cama.

Engano ficou pensando com tanta atenção nos conselhos do Homem-Farrapo que seu cérebro cor-de-rosa trabalhou por muito tempo, até depois que todo o grupo tinha ido dormir.

O PORCO-ESPINHO GIGANTE

Na manhã seguinte, logo que amanheceu eles começaram a seguir a estrada de tijolos amarelos para a Cidade das Esmeraldas. O menino munchkin começava a sentir-se cansado com a longa caminhada, e tinha uma porção de coisas em que pensar e considerar após os acontecimentos da viagem. Na maravilhosa Cidade das Esmeraldas, que naquele momento ele alcançava, existia tanta gente estranha e curiosa que ele ficou meio receoso e preocupado de encontrá-las. Será que se mostrariam amigáveis e bondosas? Acima de tudo, ele não podia desviar-se da importante incumbência que o levara até ali, e estava determinado a empregar toda a energia para encontrar as coisas que eram necessárias para preparar a receita mágica. Ele acreditava que, enquanto o querido Unc Nunkie não tivesse sido recuperado para a vida, ele não poderia sentir alegria com nada, e com frequência desejava que Unc pudesse estar com ele, para ver todas as coisas incríveis que ele, Ojo, estava vendo. Mas infelizmente Unc Nunkie era agora uma estátua de mármore na casa do Mágico Torto, e Ojo não poderia fraquejar em seus esforços para salvá-lo.

O país por onde eles estavam passando era ainda rochoso e desértico, com um bosque ou uma árvore aqui e ali, para quebrar a árida paisagem. Ojo notou uma árvore, em especial, porque tinha folhas longas e sedosas, e tinha uma forma muito bonita. Enquanto se aproximava, estudou a árvore seriamente, perguntando-se se daria frutos ou apenas belas flores.

De repente, ele percebeu que já estava olhando para a árvore havia um longo tempo – pelo menos cinco minutos – e na mesma posição, embora tivesse continuado a andar firmemente. Então parou um pouco, e, quando parou, a árvore e toda a paisagem, assim como seus companheiros, continuaram a se mover antes dele e o deixaram para trás.

Ojo gritou de um modo tão assustador que alcançou o Homem-Farrapo, fazendo-o parar. Os outros então pararam também, e voltaram até o menino.

– O que há de errado? – perguntou o Homem-Farrapo.

– Ora essa, não estamos indo nem um pouco para a frente, não importa o quanto a gente ande rápido – declarou Ojo. – Agora, que nós paramos, estamos nos movendo para trás! Estão vendo? Prestem atenção nesta pedra.

Aparas olhou para baixo, para os pés, e disse:

– Os tijolos amarelos não estão se movendo.

– Mas a estrada toda está – respondeu Ojo.

– É verdade; verdade mesmo – concordou o Homem-Farrapo. – Sei tudo sobre os tijolos desta estrada, mas estava pensando em outra coisa e não tinha me dado conta de onde estávamos.

– Isso vai nos levar de volta ao ponto onde começamos – previu Ojo, começando a ficar nervoso.

– Não – replicou o Homem-Farrapo –, não vai, porque conheço um truque para enganar essa estrada dissimulada. Já viajei por esta estrada antes, sabe. Deem uma volta, todos vocês, e andem para trás.

– Qual o benefício disso? – perguntou a gata.

– Vocês vão descobrir, se me obedecerem – disse o Homem-Farrapo.

Então todos se viraram de costas na direção em que queriam ir e começaram a andar para trás. Em um instante Ojo notou que eles estavam ganhando terreno e, como continuaram procedendo daquela curiosa maneira, logo passaram pela primeira árvore que tinha atraído a atenção deles para a sua dificuldade.

– Por quanto tempo teremos que nos manter assim, Felpa? – perguntou Aparas, que constantemente tropeçava e caía, para logo se erguer de novo, com um riso por seu contratempo.

– Só mais um pouco à frente – replicou o Homem-Farrapo.

Poucos minutos depois, ele os chamou para virarem rapidamente e andarem para a frente, e como eles obedeceram a ordem, logo se viram pisando em chão firme.

– A tarefa terminou – observou o Homem-Farrapo. – É um pouco cansativo andar de costas, mas essa é a única maneira de passar por esta parte da estrada, que tem esse truque de fazer deslizar para trás e carregar qualquer um que ande por ela.

Com energia e coragem renovadas, eles então caminharam para a frente e, após um tempo, chegaram a um lugar onde a estrada atravessava um baixa colina, deixando altos barrancos dos dois lados. Eles estavam viajando por esse trecho, conversando uns com os outros, quando o Homem-Farrapo pegou Aparas com um braço e Ojo com o outro e gritou:

– Parem!

– O que está errado agora? – perguntou a Menina de Retalhos.

– Olhem ali! – respondeu o Homem-Farrapo, apontando com o dedo.

Bem no centro da estrada havia um objeto parado, que se eriçava todo, coberto de agudos espinhos, que pareciam flechas. O corpo era tão grande como um latão de vinte litros, mas com os espinhos eriçados parecia ser quatro vezes maior.

– Bem, e daí? – perguntou Aparas.

– Esse é Chiss, que causa uma porção de problemas na estrada – foi a resposta.

– Chiss! O que é Chiss?

– Acho que é simplesmente o porco-espinho bem grande, mas aqui em Oz as pessoas consideram Chiss um espírito do mal. Ele é diferente de um porco-espinho normal, porque pode atirar seus espinhos em qualquer direção, o que um porco-espinho comum não consegue fazer. É isso o que torna o velho Chiss tão perigoso. Se nós chegarmos muito perto, ele vai soltar seus espinhos em nossa direção e pode nos ferir bastante.

– Então nós seríamos tolos de chegar perto dele – disse Aparas.

– Eu não tenho medo – declarou o Zonzo. – O Chiss é covarde, tenho certeza, e se ele chegar a ouvir meu rugido horrível, terrível, assustador, ficará duro de medo.

– Ah, você consegue rugir? – perguntou-lhe o Homem-Farrapo.

– Essa é a única coisa feroz que faço bem – afirmou o Zonzo com orgulho evidente. – Meu rugido faz o terremoto ficar vermelho e o trovão envergonhar-se. Se eu rugir para essa criatura que vocês chamam de Chiss, ele vai pensar imediatamente que o mundo se partiu em dois e vai bater no Sol e na Lua, e que vai fazer o monstro correr para tão longe e tão depressa quanto suas pernas lhe permitirem.

– Nesse caso – disse o Homem-Farrapo –, você é capaz de nos fazer um grande favor agora. Então solte o seu rugido.

– Mas você esqueceu de uma coisa – retornou o Zonzo –, meu tremendo rugido pode assustá-lo também, e se tiver alguma uma doença do coração, poderá morrer.

– Verdade; mas precisamos correr esse risco – decidiu o Homem-Farrapo, corajosamente. – Já estamos avisados de que isso pode ocorrer, e precisamos que você tente produzir o terrível barulho do seu rugido; mas Chiss não está esperando, e isso vai fazê-lo correr de susto.

O Zonzo hesitou.

– Gosto muito de vocês todos, e odeio ter que chocá-los – disse ele.

– Não se preocupe – disse Ojo.

– Você pode acabar ficando surdo.

– Se isso acontecer, nós o perdoaremos.

– Muito bem, então – disse o Zonzo com voz determinada, e avançou alguns passos em direção ao porco-espinho gigante. Parando para olhar para trás, perguntou: – Tudo pronto?

– Tudo pronto! – responderam todos.

– Então tampem seus ouvidos e procurem se apoiar firmemente. Então, agora, atenção!

O Zonzo se virou em direção a Chiss, abriu sua grande boca e disse:

– Qui-i-i-i-i-ik.

– Vá em frente e comece a rugir – disse Aparas.

– Ora, eu... eu já rugi! – retornou o Zonzo, que parecia muito atônito.

– O quê, esse pequeno *quik*? – exclamou.

– Foi o rugido mais horrível que já ouvi, na terra ou no mar, nas cavernas ou no céu – protestou o Zonzo. – Imagino que vocês aguentaram muito bem o choque. Não sentiram o chão tremer? Suponho que Chiss agora esteja praticamente morto de medo.

O Homem-Farrapo riu alegremente.

– Pobre Zonzo! – disse ele. – Seu rugido não espantaria nem uma mosca.

O Zonzo pareceu sentir-se humilhado e surpreso. Baixou a cabeça por um momento, de vergonha ou pena, mas então disse com renovada confiança:

– De qualquer modo, meus olhos podem lançar fogo; e um bom fogo; o suficiente para incendiar uma cerca!

– É verdade – declarou Aparas –, eu mesma o vi fazer isso. Mas o seu feroz rugido não é tão alto nem tão forte como o de um besouro, ou como o ronco de Ojo, quando dorme.

– Talvez – disse o Zonzo, humilde – eu tenha me enganado com relação ao meu rugido. Ele sempre pareceu soar muito assustador para mim, mas isso é porque ele soa muito perto dos meus ouvidos.

– Não se preocupe – disse Ojo suavemente –, é um grande talento ser capaz de lançar fogo com os olhos. Ninguém mais consegue fazer isso.

Enquanto eles pensavam, hesitantemente, no que fazer para assustar Chiss, uma chuva de espinhos veio voando na direção deles, quase enchendo todo o ar, de tantos que eram. De repente, Aparas percebeu que eles tinham se aproximado demais de Chiss, para sua própria segurança, então se colocou na frente de Ojo e blindou-o dos espinhos, que se cravaram no corpo dela, deixando-a parecida com um desses alvos dos jogos de dardos. O Homem-Farrapo jogou-se no chão com o rosto para baixo para evitar a chuva de espinhos, mas um deles o atingiu na perna e penetrou fundo. Quanto à Gata de Vidro, os espinhos batiam em seu corpo e escorregavam para fora sem fazer nenhum arranhão, e a pele do Zonzo era tão espessa e dura que ele não teve ferimento algum.

Quando o ataque terminou, todos correram até o Homem-Farrapo, que estava gemendo e se queixando, e Aparas imediatamente retirou o espinho da perna dele. Então ele ficou de pé em um pulo e correu até Chiss, colocando o pé no pescoço do monstro e mantendo-o prisioneiro. O corpo do grande porco-espinho era agora tão macio como couro, a não ser pelos buracos onde antes havia os espinhos, pois ele tinha atirados todos ao disparar aquela única e terrível chuva de dardos.

– Solte-me! – gritou ele com raiva. – Como você se atreve pôr o pé em Chiss?

– Posso fazer coisa pior, meu velho – replicou o Homem-Farrapo. – Você aborreceu o suficiente os viajantes desta estrada, e agora vou dar um fim em você.

– Você não pode! – retornou Chiss. – Não há nada que possa me matar, como sabe muito bem.

– Talvez seja verdade – disse o Homem-Farrapo, em tom desapontado. – Parece que já me disseram que você não pode ser morto. Mas se eu o soltar, o que é que você vai fazer?

– Pegar de volta meus espinhos – disse Chiss, mal-humorado.

– E depois vai atirá-los em outros viajantes? Não; você não vai fazer isso. Tem que me prometer que vai parar de atirar espinhos nas pessoas.

– Não prometo nada disso – declarou Chiss.

– Por que não?

– Por que é da minha natureza atirar espinhos, e todo animal deve fazer o que a natureza pede. Não é justo de sua parte me culpar por isso. Se fosse errado eu atirar espinhos, então eu não teria sido criado com eles. A coisa mais certa para você fazer é ficar fora do meu caminho.

– Ora, ora, até que seu argumento tem algum sentido – admitiu o Homem-Farrapo, pensativo –, mas as pessoas que vêm de fora, e não sabem que você está aqui, não vão ser capazes de se manter fora do seu caminho.

– Sabe o que mais – disse Aparas, que tentava arrancar fora todos os espinhos do próprio corpo –, vamos juntar todos os espinhos e levá-los embora com a gente; assim o velho Chiss não terá mais nenhum para atirar nas pessoas.

– Ah, é uma ideia inteligente. Você e Ojo devem juntar todos os espinhos enquanto eu mantenho Chiss prisioneiro; porque, se eu o soltar, ele pegará alguns de seus espinhos e será capaz de atirá-los novamente.

Então, Aparas e Ojo pegaram todos os espinhos e amarraram como um feixe, para ficar fácil carregar. Depois disso, o Homem-Farrapo soltou Chiss e deixou-o ir, sabendo que não podia ferir mais ninguém.

– É o truque mais baixo que já vi – resmungou o porco-espinho com tristeza. – Você gostaria, Homem-Farrapo, que eu tirasse todas as suas felpas?

– Seu eu lançasse minhas felpas e ferisse as pessoas, você teria todo o direito de pegá-las – replicou ele.

Em seguida eles partiram, deixando Chiss na estrada, emburrado e desconsolado. O Homem-Farrapo mancava ao andar, porque suas feridas ainda doíam, e Aparas estava muito aborrecida porque os espinhos tinham feito uma porção de buraquinhos em seus retalhos.

Quando chegaram junto a uma pedra plana ao lado da estrada, o Homem-Farrapo sentou-se para descansar, e então Ojo abriu sua cesta e tirou dela o pacote de encantos que o Mágico Torto havia lhe dado.

– Sou Ojo, o Azarado – disse ele –, senão nunca teríamos encontrado o horrível porco-espinho. Mas vou ver se encontro alguma coisa no meio destes encantos que cure sua perna.

Logo ele descobriu que um dos encantos estava rotulado assim: "Para ferimentos no corpo", e o menino o separou dos outros. Era apenas uma pequena raiz seca, tirada de alguma planta desconhecida, mas o menino esfregou-a no ferimento causado pelo espinho; em pouco tempo o lugar da ferida estava inteiramente curado, e a perna do Homem-Farrapo ficou boa novamente.

– Esfregue isso nos buracos feitos em meus retalhos – sugeriu Aparas, e Ojo tentou, mas sem nenhum efeito.

– O encanto de que você precisa é uma agulha e linha – disse o Homem-Farrapo. – Mas não se preocupe, minha cara; esses buracos não ficaram feios, de jeito nenhum.

– Eles me deixam no ar, e não quero que as pessoas pensem que eu seja aérea, ou que eu seja metida – disse a Menina de Retalhos.

– Você, na verdade, era metida até sermos atingidos por esses espinhos – observou Ojo, com uma risada.

Assim, logo partiram novamente, e, chegando então a um lago de água lamacenta, amarraram o feixe de espinhos a uma pedra bem pesada e a jogaram no fundo do lago, para não ter que carregá-los mais.

APARAS E O ESPANTALHO

Dali em diante, a aparência do país foi ficando melhor, e as regiões desérticas passaram a dar lugar a manchas de fertilidade; mesmo assim, as casas ainda não podiam ser vistas da estrada. Havia algumas colinas, entremeadas de vales, e, chegando ao cume de uma dessas colinas, os viajantes defrontaram-se com uma alta muralha, que continuava tanto à direita como à esquerda até onde a vista alcançava. Imediatamente em frente a eles, onde a muralha atravessava a estrada, erguia-se um portão feito de barras de ferro que se estendiam de alto a baixo. Chegando perto, descobriram que esse portão estava trancado com um grande cadeado, enferrujado por falta de uso.

– Bem – disse Aparas –, acho que podemos parar aqui.

– É uma boa ideia – replicou Ojo. – Nosso caminho foi interrompido por essa grande muralha e esse portão. Parece que ninguém passa por aqui há muitos anos.

– A vista às vezes ilude – declarou o Homem-Farrapo, rindo das caras desapontadas de todos eles, e essa barreira é a coisa mais ilusória de toda Terra de Oz.

– Ela nos impede de ir adiante, de qualquer modo – disse Aparas. – Não há ninguém cuidando do portão e deixando as pessoas passarem, e nós não temos a chave do cadeado.

– Verdade – replicou Ojo, chegando um pouco mais perto para espiar através das barras de ferro. – O que é que a gente pode fazer, Homem-Farrapo? Se tivéssemos asas, poderíamos voar por cima da muralha, mas não conseguimos escalá-la, e preciso chegar à Cidade das Esmeraldas para encontrar as coisas que vão devolver a vida a Unc Nunkie.

– Tudo isso é verdade – respondeu o Homem-Farrapo, calmamente –, mas conheço esse portão, pois já passei muitas vezes por ele.

– Como? – perguntaram todos, ansiosamente.

– Vou lhes mostrar como – disse ele.

Postou Ojo no meio da estrada e colocou Aparas bem atrás dele, com as mãos estofadas nos ombros do menino. Depois da Menina de Retalhos foi a vez de Zonzo, que segurava na boca um pedaço da saia dela. Então, por fim, vinha a Gata de Vidro, segurando firme a cauda do Zonzo com suas mandíbulas de vidro.

– Agora – disse o Homem-Farrapo –, vocês todos devem fechar bem os olhos e mantê-los fechados até eu dizer para abrirem.

– Eu não consigo – objetou Aparas. – Meus olhos são botões, e não fecham.

Então o Homem-Farrapo amarrou seu lenço vermelho sobre os olhos da Menina de Retalhos e examinou todos os outros para ter certeza de que estavam com os olhos bem fechados e não podiam ver nada.

– Qual é o jogo, afinal... cabra-cega?

– Fiquem quietos! – ordenou o Homem-Farrapo, severamente. – Todos prontos? Então me sigam.

Pegou a mão de Ojo e conduziu-o pela estrada de tijolos amarelos até o portão. Segurando-se todos uns nos outros, seguiram todos em fila, esperando a cada minuto bater contra as barras de ferro. O Homem-Farrapo também estava com os olhos fechados, mas foi seguindo firme em frente, apesar disso, e, depois de uns cem passos contados, parou e disse:

– Agora podem abrir os olhos.

– Assim fizeram todos, e, para espanto geral, descobriram que a muralha e o portão estavam bem atrás deles, enquanto à sua frente o País Azul dos Munchkins tinha dado lugar a verdes campos com lindas casas de fazenda espalhadas por toda parte.

– Aquela muralha – explicou o Homem-Farrapo – é o que se chama ilusão de ótica. É absolutamente real enquanto vocês estão de olhos abertos, mas se não estiverem olhando para a barreira ela não existe de fato. Acontece a mesma coisa com muitos outros males na vida; parecem existir, mas embora sejam aparentes, não verdadeiros. Vocês vão perceber que a muralha – ou o que pensaram que fosse uma muralha – separa o País dos Munchkins do verde país que circunda a Cidade das Esmeraldas, que se situa exatamente no centro da Terra de Oz. Existem duas estradas de tijolos amarelos que atravessam o País dos Munchkins, mas a que nós estamos seguindo é a melhor delas. Dorothy certa vez viajou pela outra estrada e encontrou mais perigos do que nós. Mas todos os nossos problemas ficaram para trás agora, pois mais um dia de viagem nos levará à Cidade das Esmeraldas.

Ficaram todos muito satisfeitos ao saber disso, e continuaram com renovada coragem. Em poucas horas, pararam em uma casa de fazenda, onde as pessoas eram muito hospitaleiras e os convidaram para jantar. O pessoal da fazenda olhou Aparas com muita curiosidade, mas não com muito espanto, porque estava acostumado a ver pessoas fora do comum na Terra de Oz.

A mulher dessa casa pegou agulha e linha para costurar e fechar os buracos feitos pelo porco-espinho no corpo da Menina de Retalhos, depois do que Aparas assegurou que parecia mais bela do que nunca.

– Você devia usar chapéu – observou a mulher –, porque impede o sol de desbotar as cores de seu rosto. Tenho alguns retalhos e aparas espalhados por aí, e se você esperar dois ou três dias lhe farei um belo chapéu que vai combinar muito bem com você.

– Não se preocupe com o chapéu – disse Aparas, balançando as tranças –, é uma bela oferta, mas não podemos parar. Não acho que minhas cores tenham desbotado nem um pouco, ainda assim; o que você acha?

– Não muito – replicou a mulher. – Você ainda está muito bonita, a despeito dessa longa viagem.

As crianças da casa queriam ficar com a Gata de Vidro para brincar, de modo que ofereceram uma bela casa para Engano, se ela aceitasse morar ali; mas a gata estava muito mais interessada nas aventuras de Ojo e recusou a oferta.

– As crianças são muito turbulentas para brincar – observou ela para o Homem-Farrapo –, e embora esta casa seja mais agradável do que a do Mágico Torto, receio que logo ficaria em pedaços nas mãos desses meninos e das meninas.

Após descansarem, eles retomaram a viagem, achando que a estrada agora estava mais suave e agradável para andar, e o país ia ficando cada vez mais bonito conforme se aproximavam da Cidade das Esmeraldas.

Pouco a pouco, Ojo começou a caminhar pela grama, olhando com muita atenção para todos os lados.

– O que você está tentando encontrar? – perguntou Aparas.

– O trevo de seis folhas – disse ele.

– Não faça isso! – exclamou seriamente o Homem-Farrapo. – É contra a lei pegar trevos de seis folhas. Você precisa esperar para obter o consentimento de Ozma.

– Ela não iria saber – declarou o menino.

– Ozma sabe de muitas coisas – disse o Homem-Farrapo. – Em sua sala existe um quadro mágico que mostra todos os lugares da Terra de Oz por onde os estranhos e viajantes costumam passar. Ela pode estar nos observando mesmo agora, e vendo tudo o que fazemos.

– Ela sempre olha o quadro mágico? – perguntou Ojo.

– Nem sempre, porque tem muitas outras coisas para fazer; mas, como eu disse, ela pode estar nos observando neste minuto.

– Não me importo – disse Ojo, com um tom obstinado na voz –, Ozma é apenas uma garota.

O Homem-Farrapo olhou para ele surpreso.

– Você devia preocupar-se com Ozma – disse ele –, se é que espera salvar seu tio. Porque, se você desdenhar o poder da governante, sua viagem seguramente vai falhar; ao passo que, se você ficar amigo de Ozma, ela com prazer vai ajudá-lo. Justamente por ela ser uma menina, é mais uma razão para que você obedeça às leis, se quiser ser cortês e educado. Todo mundo em Oz ama Ozma e odeia seus inimigos, por ela ser tão justa quanto poderosa.

Ojo ficou aborrecido por um tempo, mas finalmente voltou à estrada e abandonou o trevo. O menino ficou melancólico e mal-humorado por uma ou duas horas, porque não via realmente nenhum prejuízo em pegar um trevo de seis folhas, uma vez que encontrou um, pois, a despeito do que o Homem-Farrapo dissera, ele considerava a lei de Ozma injusta.

Então eles chegaram a um belo bosque de árvores altas e copadas, através do qual a estrada serpenteava em curvas fechadas, – para um lado e para o outro. Enquanto caminhavam pelo bosque, ouviram alguém cantando à distância, e o som foi aumentando conforme eles andavam, até que puderam distinguir as palavras, embora as curvas da estrada ainda encobrissem o cantor. A letra da canção era mais ou menos esta:

Eis um bom fardo de palha,
Cortada de ondulantes cereais,
A mais doce visão que o homem tem
Na floresta, no vale ou na planície.
E me enche de grande alegria
Um fardo de palha contemplar,
Por isso, a este menino sortudo,
Fios amarelo-ouro vou ofertar.

– Ah! – exclamou o Homem-Farrapo –, aí vem meu grande amigo Espantalho.

– O quê? Um Espantalho vivo? – perguntou Ojo.

– Sim; aquele do qual lhe falei. Ele é um companheiro incrível, e muito inteligente. Você vai gostar dele, tenho certeza.

Bem nesse momento o famoso Espantalho de Oz apareceu dobrando a curva na estrada, cavalgando um Cavalete de madeira tão pequeno que as pernas do cavaleiro quase encostavam no chão.

O Espantalho usava a roupa azul dos munchkins, pois tinha sido feito no país deles, e usava enfiado na cabeça um chapéu de aba lisa e plana, adornada com sininhos tilintantes. Tinha uma corda amarrada em torno da cintura para mantê-lo em forma, porque era estofado com palha por todo o corpo, exceto o alto da cabeça, onde certa vez o Mágico de Oz tinha colocado serragem, misturada com agulhas e alfinetes, para afiar ou aperfeiçoar sua mente. A cabeça em si era simplesmente um pequeno saco de pano, preso ao corpo pelo pescoço, e na frente desse saco tinha sido pintado seu rosto – orelhas, olhos, nariz e boca.

O rosto do Espantalho era muito interessante, porque apresentava uma expressão ao mesmo tempo cômica e vencedora, embora um olho fosse um pouquinho maior do que o outro e as orelhas não formassem um par. O fazendeiro munchkin que fizera o Espantalho não tinha costurado os pontos muito juntos, e portanto um pouco da palha com que ele tinha sido estofado saía por entre os pontos de costura. Suas mãos consistiam em luvas brancas acolchoadas, com dedos longos e bem marcados, e nos pés usava botas munchkins de couro azul com amplas voltas no alto dos canos.

O Cavalete era quase tão curioso quanto seu cavaleiro. Tinha sido feito de maneira rústica; no início, com toras de madeira serradas, de modo que seu corpo tinha o curto comprimento de uma tora, e suas pernas eram grossos galhos encaixados em quatro buracos feitos no corpo. O rabo do cavalete era formado por um galho que tinha sido do tronco, enquanto a cabeça era um toco de madeira enfiado em uma das pontas do corpo. Dois nós de madeira formavam os olhos, e a boca era um talho feito na tora. Quando o Cavalete veio à vida pela primeira vez, não tinha orelhas, e não podia ouvir; mas o menino que era seu dono esculpiu à faca duas orelhas de madeira balsa e as colou na cabeça dele, e depois disso o Cavalete passou a ouvir muito bem.

Esse estranho cavalo de madeira era um dos favoritos da princesa Ozma, que mandou ferrar o que seriam as patas do Cavalete com placas de ouro, para que a madeira ali não se gastasse. Sua sela era feita de tecido brocado de ouro, incrustado com pedras preciosas. Ele nunca usou bridão.

Quando o Espantalho apareceu para o grupo de viajantes, parecia um rei em seu corcel de madeira. Ele desmontou e saudou o Homem-Farrapo com um sorriso. Então virou-se, maravilhado, para contemplar a Menina de Retalhos, que por sua vez também virou-se para contemplá-lo.

– Felpa – sussurrou o Espantalho, puxando o Homem-Farrapo para um lado –, faça o favor de me colocar em forma, amigão!

Enquanto o amigo dava umas pancadinhas no corpo estofado do Espantalho para alisar e ajeitar as partes que tinham ficado deformadas, Aparas virou-se para Ojo e sussurrou:

– Por favor, role meu corpo; ele ficou horrivelmente deformado de tanto caminhar, e os homens gostam de ver nossa aparência aprumada.

Então ela deitou-se no chão e o menino a rolou de uma lado para o outro até que o algodão preenchesse novamente todos os espaços de sua cobertura de retalhos e seu corpo ficasse em forma por igual. Aparas e o Espantalho terminaram a arrumação ao mesmo tempo e encararam um ao outro novamente.

– Senhorita Retalhos – disse o Homem-Farrapo –, permita-me apresentar-lhe meu amigo, o Excelentíssimo Espantalho Real de Oz; esta é a senhorita Aparas Retalhos; Aparas, este é o Espantalho. Espantalho–Aparas; Aparas–Espantalho.

Os dois fizeram reverência com muita dignidade.

– Desculpe-me por olhar assim tão descaradamente – disse o Espantalho –, mas você é a visão mais bonita que meus olhos já contemplaram até hoje.

– É um belo cumprimento vindo de alguém tão bonito – murmurou Aparas, quase lançando fora seus olhos de botões de suspensório ao abaixar a cabeça. – Mas diga-me, bom cavaleiro, o senhor não perde a forma à toa?

– Sim, claro; é a minha palha, sabe. Ela se amontoa aqui e ali, às vezes, a despeito de todos os meus esforços para mantê-la ajeitada. A sua palha não amontoa nunca?

– Ah, sou estofada com algodão – disse Aparas. – Nunca amontoa, mas facilmente se desarruma e me deixa torta.

– Mas o algodão é um estofamento de alta qualidade. Devo dizer até que é ainda muito estiloso, para não dizer aristocrático, do que a palha – disse o Espantalho, educadamente. – Além disso, é mais do que adequado que alguém tão adorável e fascinante deva ter o melhor estofamento que existe. Eu... estou muito feliz por encontrá-la, senhorita Aparas! Apresente-nos de novo, Felpa.

– Uma vez é o suficiente – replicou o Homem-Farrapo, rindo do entusiasmo de seu amigo.

– Então me diga onde encontrou esta senhorita. Puxa vida, que gata mais estranha! Do que você é feita... de gelatina?

– Puro vidro – respondeu a gata, orgulhosa por ter atraído a atenção do Espantalho. – Sou muito mais bonita do que a Menina de Retalhos. Sou transparente, e Aparas não é; meu cérebro é cor-de-rosa, e pode ser visto trabalhando; e tenho o coração de rubi, finamente polido, enquanto Aparas não tem coração nenhum.

– Nem eu tenho – disse o Espantalho, apertando as mãos de Aparas, como se a felicitasse por esse fato. – Tenho um amigo, o Homem de Lata, que tem coração, mas descobri que vou muito bem sem coração. E então... bem, bem, temos aí um menino munchkin também. Venha me dar um aperto de mão, homenzinho. Como vai?

Ojo pôs a mão na luva frouxamente estofada que servia de mão ao Espantalho, e o Espantalho a pressionou com tanta cordialidade que a palha da luva estalou.

Enquanto isso, o Zonzo tinha se aproximado do Cavalete e começou a cheirá-lo. O Cavalete percebeu essa familiaridade e deu um chute repentino que atingiu o Zonzo bem na cabeça com sua pata de ferradura de ouro.

– Toma isto, seu monstro! – gritou com raiva.

O Zonzo nem mesmo piscou.

– Para você ficar sabendo – disse ele –, posso aceitar qualquer coisa. Mas não me deixe com raiva, seu animal de madeira, ou meus olhos vão lançar fogo e queimar você todo.

O Cavalete relanceou os olhos com malícia e chutou de novo, mas o Zonzo trotou para longe e disse ao Espantalho:

– Que doce disposição tem essa criatura! Eu aconselho você a cortá-lo para fazer lenha e me usar para cavalgar. Minhas costas são planas e delas você não cai.

– Acho que o problema é que vocês não foram adequadamente apresentados – disse o Espantalho, olhando para o Zonzo com muito espanto, pois nunca tinha visto um animal tão esquisito antes.

– O Cavalete é o corcel favorito da princesa de Oz, a soberana da Terra de Oz, e vive em um estábulo decorado com pérolas e esmeraldas, nos fundos do palácio real. É rápido como o vento, incansável, e bondoso com os amigos. Toda a população de Oz respeita muito o Cavalete, e, quando visito Ozma, ela às vezes permite que eu o cavalgue... como estou fazendo hoje. Agora sabem a personagem importante que é o Cavalete, e se algum de vocês, talvez você mesmo, me disser seu nome, seu posto e sua base, e sua história, terei prazer em relatar ao Cavalete. Isso vai levar vocês dois a ter respeito mútuo e amizade.

O Zonzo ficou um tanto envergonhado com esse discurso e não soube o que responder. Mas Ojo disse:

– Este animal quadrado é chamado de Zonzo, e não é de muita importância, a não ser porque tem três pelos que crescem na ponta de sua cauda.

O Espantalho olhou e viu que era verdade.

– Mas – disse ele, de modo enigmático – o que torna esses três pelos importantes? O Homem-Farrapo tem milhares de pelos, mas nenhum deles tem acusado a sua importância.

Então Ojo relatou a triste história da transformação de Unc Nunkie em uma estátua de mármore, e contou como saiu em busca das coisas de que o Mágico Torto precisava para poder fazer um encanto que restaurasse a vida de seu tio. Um dos requisitos eram os três pelos da cauda de um Zonzo, mas não sendo capazes de extrair os pelos, foram obrigados a trazer o Zonzo com eles.

O Espantalho pareceu ficar sério enquanto ouvia, e balançou a cabeça várias vezes, como se desaprovasse.

– Precisamos ver Ozma e falar sobre este assunto – disse ele. – O Mágico Torto está infringindo a lei ao praticar magia sem licença, e não estou certo de que Ozma irá permitir que ele restaure a vida de seu tio.

– Eu já avisei o menino sobre isso – declarou o Homem-Farrapo.

Com tudo isso, Ojo começou a chorar.

– Quero meu tio Nunkie! – exclamou ele. – Sei como a vida dele pode ser restaurada, e vou fazer o necessário... com Ozma ou sem Ozma! Que direito tem essa menina soberana de manter meu tio Nunkie como estátua para sempre?

– Não se preocupe com isso agora – aconselhou o Espantalho. – Vão para a Cidade das Esmeraldas, e quando lá chegarem peçam ao Homem-Farrapo que leve vocês para verem Dorothy. Conte a ela a sua história, e tenho certeza de que ela vai ajudar você. Dorothy é a melhor amiga de Ozma, e, se a tiver de seu lado, seu tio provavelmente vai viver de novo – então ele se virou para o Zonzo e disse: – Receio que você não seja importante o bastante para ser apresentado ao Cavalete, afinal.

– Sou um animal melhor do que ele – retornou o Zonzo, indignado. – Meus olhos podem soltar fogo, e os dele não.

– É verdade? – perguntou o Espantalho, virando-se para o menino munchkin.

– Sim – disse Ojo, e contou como o Zonzo tinha colocado fogo na cerca.

– Você tem outras realizações?

– Tenho um rugido dos mais terríveis... quer dizer, às vezes – disse o Zonzo, enquanto Aparas ria alegremente e o Homem-Farrapo sorria. Mas o riso da Menina de Retalhos fez o Espantalho esquecer tudo sobre o Zonzo. Ele disse a ela:

– Que menina admirável você é, e que companhia alegre! Precisamos ficar mais familiarizados, porque nunca encontrei uma menina com uma coloração tão incrível e de modos tão naturais, sem artifícios.

– Não é por acaso que chamam você de Sábio Espantalho – replicou Aparas.

– Quando você chegar à Cidade das Esmeraldas, vou vê-la novamente – continuou o Espantalho. – Agora estou indo atrás de uma velha amiga – uma jovem chamada Junjur – que me prometeu repintar minha orelha esquerda. Você deve ter notado que a pintura de minha orelha esquerda descascou e se apagou, o que afeta minha audição desse lado. Junjur sempre refaz minha pintura quando fica desgastada.

– Quando você espera retornar para a Cidade das Esmeraldas? – perguntou o Homem-Farrapo.

– Estarei lá esta noite, pois estou ansioso para ter uma longa conversa com a senhorita Aparas. Como é, Cavalete; você está pronto para uma corrida rápida?

– Qualquer coisa que seja boa para você é boa para mim – retornou o cavalo de madeira.

Então o Espantalho montou na sela ornamentada de joias, acenou com o chapéu, e o Cavalete partiu tão velozmente que eles sumiram de vista em um instante.

OJO INFRINGE A LEI

– Que homem esquisito! – observou o menino munchkin, quando o grupo retomou a viagem.

– E tão agradável e educado – acrescentou Aparas, balançando a cabeça. – Acho que ele é o homem mais bonito que já vi na vida.

– Bonito é quem faz coisas bonitas – citou o Homem-Farrapo –, mas devemos admitir que nenhum espantalho é mais bonito. O principal mérito de meu amigo é que ele é um grande pensador, e em Oz considera-se boa política seguir seus conselhos.

– Não notei cérebro algum em sua cabeça – observou a Gata de Vidro.

– Você não pode ver o cérebro trabalhar, mas ele está lá, sim, senhora – declarou o Homem-Farrapo. – Não tinha muita confiança em seu cérebro, quando vim pela primeira vez a Oz, porque foi um falso mágico que os deu para ele; mas logo me convenci de que o Espantalho é realmente sábio; e, se não for seu cérebro que o torna assim sábio, essa sabedoria é inexplicável.

– O Mágico de Oz é um impostor? – perguntou Ojo.

– Agora não. Antes era, mas se aposentou, e desde então é assistente da bruxa boa, Glinda, que é a única licenciada para praticar magia ou feitiçaria. Glinda ensinou ao nosso velho Mágico muitas coisas sábias, de modo que ele não é mais um impostor.

Eles caminharam mais um pouco em silêncio, e então Ojo disse:

– Se Ozma proibir o Mágico Torto de restaurar a vida de Unc Nunkie, o que vou fazer?

O Homem-Farrapo balançou a cabeça.

– Nesse caso, você não poderá fazer nada – disse ele. – Mas não perca as esperanças ainda. Nós iremos até a princesa Dorothy e lhe contaremos seus problemas, e então vamos deixar que ela fale com Ozma. Dorothy tem o coraçãozinho mais generoso do mundo, e também passou ela mesma por tantos problemas que é certeza que vai simpatizar com você.

– Dorothy não é aquela garotinha que veio do Kansas? – perguntou o menino.

– Sim. No Kansas ela era Dorothy Gale. Eu a conheci lá, e foi ela que me trouxe à Terra de Oz. Mas agora Ozma fez dela uma princesa, e a tia Em e o tio Henry de Dorothy estão lá, também – aqui o Homem-Farrapo emitiu um longo suspiro, e então continuou: – É um país estranho esta Terra de Oz; mas eu gosto daqui, de qualquer maneira.

– O que existe de estranho neste país? – perguntou Aparas.

– Você, por exemplo – disse ele.

– Você já viu alguma garota tão bonita quanto eu em seu próprio país?

– Nenhuma com a mesma beleza, tão variada e gloriosa – confessou. – Na América uma menina de pano estofada de algodão não viveria, e ninguém pensaria em fazer uma menina toda de uma colcha de retalhos.

– Que lugar estranho deve ser a América! – exclamou ela, bastante surpresa. – O Espantalho, que dizem ser sábio, me disse que sou a criatura mais bonita que ele já viu.

– Eu sei; e talvez você seja mesmo, do ponto de vista de um espantalho – replicou o Homem-Farrapo; mas por que motivo ele sorriu ao dizer isso, Aparas não pôde imaginar.

Ao chegarem próximo da Cidade das Esmeraldas, os viajantes foram tomados de admiração pelo esplêndido cenário que contemplaram. Belas casas se erguiam de ambos os lados da estrada, e cada uma tinha um verde gramado na frente, assim como um belo jardim florido.

– Em mais uma hora – disse o Homem-Farrapo – nós chegaremos a ver as muralhas da Cidade Real.

Ele ia andando na frente, com Aparas, e atrás deles vinha o Zonzo e a Gata de Vidro. Ojo tinha sido deixado para trás, porque, a despeito dos avisos que tinha recebido, os olhos do garoto percorriam todos os trevos que bordeavam a estrada de tijolos amarelos, e ele estava ansioso por descobrir se realmente existia tal coisa como um trevo de seis folhas.

De repente ele parou um pouco e se inclinou para examinar o chão mais de perto. Sim; ali finalmente estava um trevo de seis folhas. Contou as folhas cuidadosamente, para certificar-se. Em um instante seu coração saltou de alegria, pois essa era uma das coisas importantes que ele tinha vindo buscar – uma das coisas que poderiam restaurar a vida de seu querido Unc Nunkie.

Ojo deu uma olhadela para a frente e viu que nenhum de seus companheiros estava olhando para trás. E não havia mais ninguém por ali, porque estava a meio caminho entre duas casas. A tentação era muito grande para resistir.

– Posso procurar semanas e semanas, e nunca vou encontrar um trevo de seis folhas – disse a si mesmo, e quebrando rapidamente o talo da planta, colocou o valioso trevo em sua cesta, cobrindo-o com outras coisas que carregava ali. Então, tentando fazer parecer que nada havia acontecido, correu para a frente e reencontrou seus camaradas.

A Cidade das Esmeraldas, que é mais esplêndida do que as mais bonitas cidades de qualquer conto de fadas, é circundada por uma espessa e alta muralha de mármore verde, levemente polida e engastada com brilhantes esmeraldas. Existem quatro portões de entrada, dando um para o País dos Munchkins, outro para o País dos Winkies, outro para o País dos Quadlings, e outro para o País dos Gillikins. A Cidade das Esmeraldas situa-se exatamente no centro desses quatro importantes países de Oz. Os portões têm barras de puro ouro, e ao lado de cada entrada foram construídas altas torres, onde tremulam alegres bandeiras. Ao longo da muralha há várias outras torres a certa distância uma da outra, largas o suficiente para que quatro pessoas as cruzem andando lado a lado.

Essa cerca de muralhas, toda verde e dourada, reluzindo de pedras preciosas, era realmente uma visão maravilhosa para receber nossos viajantes, que primeiro a observaram do alto de uma pequena colina; mais além da muralha ficava a grande cidade que ela circundava, e centenas de pináculos, cúpulas e minaretes, onde tremulavam bandeiras e estandartes, erguiam-se acima das torres de entrada dos portões. Nossos amigos podiam ver, no centro da cidade, as copas de muitas árvores magníficas, algumas quase tão altas quanto os pináculos dos edifícios, e o Homem-Farrapo lhes contou que essas árvores estavam plantadas no jardim real da princesa Ozma.

Por um longo tempo eles pararam no alto da colina, deleitando seus olhos com o esplendor da Cidade das Esmeraldas.

– Viva! – exclamou Aparas extasiada, batendo palmas com suas mãos almofadadas –, foi feito para eu morar, ótimo. Chega do País dos Munchkins para estes retalhos... e nada mais de Mágico Torto!

– Ora, ora, você pertence ao doutor Pipt – replicou Ojo, olhando para ela, espantado. – Você foi feita para ser uma servente, Aparas, então é propriedade particular, e não dona de si mesma.

– Que se lixe o doutor Pipt! Se ele me quiser, que venha até aqui me pegar. Não vou voltar para o seu antro de minha própria vontade; isso é certo. Apenas um lugar na Terra de Oz é feito para se viver, e é a Cidade das Esmeraldas. Ela é adorável! É quase tão bonita quanto eu, Ojo.

– Neste país – relembrou o Homem-Farrapo –, as pessoas vivem como nossa soberana diz que deve ser. Não é possível ter todo mundo vivendo na Cidade das Esmeraldas, pois alguns precisam arar a terra e plantar grãos, frutos e vegetais, enquanto outros cortam madeira nas florestas, ou pescam nos rios, ou pastoreiam as ovelhas e o gado.

– Pobres criaturas! – disse Aparas.

– Não tenho certeza se eles não são mais felizes do que as pessoas da cidade – replicou o Homem-Farrapo. – Existe uma liberdade e uma independência de vida no campo que nem mesmo a Cidade das Esmeraldas pode oferecer. Sei que uma porção de gente da cidade gostaria de voltar ao campo. O Espantalho vive no campo, e também o Homem de Lata e Jack Cabeça de Abóbora; embora esses três seriam bem recebidos para viver no palácio de Ozma, se quisessem. Esplendor demais torna-se cansativo, você sabe. Mas, se quisermos alcançar a Cidade das Esmeraldas antes do pôr do sol, precisamos nos apressar, pois ainda temos um bom pedaço para andar.

A visão da entrada da cidade recarregou uma nova energia neles todos, que se lançaram adiante com passos mais rápidos que antes. Havia muita coisa que interessava a eles ao longo da rodovia, porque as casas agora eram construídas mais próximas umas das outras, e eles encontraram muita gente boa indo ou vindo de um lugar para outro. Todas pareciam felizes, satisfeitas, gente que acenava afavelmente aos estranhos quando passavam e trocavam palavras de saudação.

Finalmente, eles chegaram ao grande portão de entrada, bem quando o sol estava se pondo, acrescentando sua luz vermelha ao brilho das esmeraldas nas muralhas e pináculos verdes. Em algum lugar dentro da cidade podia-se ouvir uma banda tocando uma música agradável; um rumor baixo e suave, de muitas vozes, alcançava os ouvidos deles; dos terrenos vizinhos vinha o baixo mugido de vacas esperando para ser ordenhadas.

Eles estavam quase no portão quando as barras douradas se afastaram e um alto soldado parou e os encarou. Ojo pensou nunca ter visto antes homem tão alto. O soldado usava um bonito uniforme verde e dourado, com um alto chapéu no qual havia uma pluma esvoaçante, e tinha um grosso cinto incrustado de joias. Mas a coisa mais peculiar sobre ele era sua longa barba verde, que caía abaixo de sua cintura e talvez fizesse com que ele parecesse ainda mais alto do que realmente era.

– Alto lá! – disse o Soldado de Bigode Verde, não com voz dura, mas sim em tom amigável.

Eles pararam antes que o soldado falasse e ficaram olhando para ele.

– Boa noite, coronel – disse o Homem-Farrapo. – Quais as novidades desde que eu saí daqui? Alguma coisa importante?

– Billina teve uma ninhada de treze novos pintinhos – replicou o Soldado de Bigode Verde –, e eles são as coisinhas mais fofinhas e amarelinhas que já se viu. A Galinha Amarela está muito orgulhosa de seus filhos, posso lhe dizer.

– Ela tem todo o direito de estar – concordou o Homem-Farrapo. – Deixe-me ver; foram mais ou menos uns sete mil pintinhos que ela já criou, não é, general?

– Isso, pelo menos – foi a resposta. – Você deve ir visitar Billina e dar-lhe os parabéns.

– Vai ser um prazer fazer isso – disse o Homem-Farrapo. – Mas você deve ter observado que eu trouxe alguns estranhos comigo. Vou levá-los para ver Dorothy.

– Um momento, por favor – disse o soldado, barrando o caminho deles quando começavam a entrar pelo portão. – Estou de serviço, e tenho ordens a executar. Há alguém em seu grupo chamado Ojo, o Azarado?

– Ora, sou eu! – exclamou Ojo, espantado por ouvir seu nome nos lábios de um estranho.

O Soldado de Bigode Verde assentiu.

– Assim pensei – disse ele –, e sinto muito anunciar que tenho o triste dever de prendê-lo.

– Me prender!? – exclamou o menino. – Por quê?

– Não tive tempo de ver – respondeu o soldado.

Então, ele tirou um papel de seu bolso do peito e deu uma olhadela.

– Ah, sim; você deve ser preso por infringir voluntariamente uma das Leis de Oz.

– Infringir a lei! – disse Aparas. – Bobagem, soldado; com certeza você está brincando.

– Não desta vez – retornou o soldado, com um suspiro. – Meu querido menino, seja o que for que tenha feito, uma confusão em uma compra ou qualquer coisa, você está falando com o guarda-costas de Sua Graciosa Soberana, princesa Ozma, e também o Exército Real de Oz e da Força Policial da Cidade das Esmeraldas.

– E só um homem! – exclamou a Menina de Retalhos.

– Um só, e o suficiente. Em minhas posições oficiais, eu não vinha tendo nada para fazer por muitos bons anos, tantos que comecei a temer que eu fosse absolutamente inútil, até hoje. Há uma hora fui chamado à presença de Sua Alteza Ozma de Oz e informado que devia prender um menino chamado Ojo, o Azarado, que estava viajando pelo

País dos Munchkins até a Cidade das Esmeraldas e chegaria em pouco tempo. Essa ordem me surpreendeu tanto que quase desmaiei, pois é a primeira vez que alguém merece ser preso desde que eu me lembre. Você é certamente chamado Ojo, o Azarado, meu pobre rapaz, uma vez que infringiu a Lei de Oz.

– Mas você está errado – disse Aparas. – Ozma está errada... vocês todos estão errados... pois Ojo não infringiu nenhuma lei.

– Então ele logo será solto novamente – replicou o Soldado de Bigode Verde. – A qualquer pessoa acusada de um crime é dado um julgamento justo por parte da soberana, e tem todas as oportunidades de provar sua inocência. Mas neste momento as ordens de Ozma precisam ser obedecidas.

Com isso, ele pegou no bolso um par de algemas feitas de ouro e incrustadas de rubis e diamantes, e as fechou nos pulsos de Ojo.

O PRISIONEIRO DE OZMA

O menino ficou tão espantado com aquela calamidade que não ofereceu resistência alguma. Sabia muito bem que era culpado, mas surpreendeu-se de que Ozma também soubesse. Ficou se perguntando como ela havia descoberto tão rápido que ele tinha pegado o trevo de seis folhas. Ele estendeu sua cesta para Aparas e disse:

– Guarde esta cesta até eu sair da prisão. Se eu nunca sair, leve-a para o Mágico Torto, a quem ela pertence.

O Homem-Farrapo estivera olhando seriamente para o rosto do menino, sem ter certeza se deveria defendê-lo ou não; mas alguma coisa que percebeu na expressão de Ojo o fez desistir da ideia e não interferir para salvá-lo. O Homem-Farrapo ficou bastante surpreso e triste, mas sabia que Ozma nunca cometia erros, portanto Ojo devia realmente ter infringido a Lei de Oz.

O Soldado de Bigode Verde então levou-os todos ao portão, até uma pequena sala construída na muralha. Lá estava sentado um homenzinho jovial, ricamente vestido de verde e tinha ao redor do pescoço uma pesada corrente de ouro à qual estavam atadas uma porção de grandes chaves de ouro. Era o Guardião do Portão, e no momento em que entraram em sua sala ele estava tocando uma melodia em uma gaita de boca.

— Ouçam! — disse ele, erguendo a mão para pedir silêncio. — Acabei de compor uma melodia chamada "O crocodilo-pintado". Foi feita no ritmo dos retalhos, que é melhor do que o ritmo sincopado comum, e eu a compus em homenagem à Menina de Retalhos, que acabou de chegar.

— Como você sabia que eu ia chegar? — perguntou Aparas, bastante interessada.

— É meu trabalho saber quem chega, pois sou o Guardião do Portão. Fiquem quietos enquanto eu toco para vocês "O crocodilo-pintado".

Não era uma canção muito ruim, nem muito boa, mas todos ouviram respeitosamente enquanto ele fechava os olhos e balançava a cabeça de um lado para o outro e soprava as notas no pequeno instrumento. Quando terminou, o Soldado de Bigode Verde disse:

— Guarda, tenho aqui um prisioneiro.

— Não diga! Um prisioneiro? — exclamou o homenzinho, pulando de sua cadeira. — Qual deles? Não é o Homem-Farrapo?

— Não; é este menino.

— Ah, espero que a falta seja menor do que ele — disse o Guardião do Portão. — Mas o que ele pode ter feito, e o que o levou a fazer isso?

— Não posso dizer — replicou o soldado. — Tudo o que sei é que ele infringiu a lei.

— Mas ninguém nunca fez isso!

— Então ele deve ser inocente, e logo vai ser solto. Espero que estejam certos, Guardião. Mas agora estou ordenando que o leve para a prisão. Pegue um uniforme de prisioneiro em seu Guarda-Roupa Oficial.

O Guardião abriu um armário e tirou dali um uniforme branco, que o soldado jogou na direção de Ojo. Ele o cobria da cabeça aos pés, mas tinha dois buracos bem na frente dos olhos, de modo que ele podia ver aonde ia. Naquele traje o menino ficou com uma aparência curiosa.

Enquanto o Guardião abria uma porta que levava da sua sala para as ruas da Cidade das Esmeraldas, o Homem-Farrapo disse a Aparas:

– Acho que vou levar você diretamente a Dorothy, como aconselhou o Espantalho, e a Gata de Vidro e o Zonzo podem vir conosco. Ojo deve ir para a prisão com o Soldado de Bigode Verde, mas será bem tratado e vocês não precisam se preocupar com ele.

– O que será que vão fazer com ele? – perguntou Aparas.

– Isso não posso dizer. Desde que vim para a Terra de Oz, ninguém nunca foi preso ou detido... até Ojo infringir a lei.

– Parece que a menina soberana de vocês está fazendo uma grande confusão com pouca coisa – observou Aparas, tirando o cabelo dos olhos com um rápido movimento da cabeça de retalhos. – Não sei o que Ojo fez, mas não pode ser nada muito ruim, porque eu e você estávamos com ele o tempo todo.

O Homem-Farrapo não deu resposta alguma a essa fala, e logo a Menina de Retalhos tinha esquecido tudo sobre Ojo, admirada que estava com a maravilhosa cidade em que eles acabavam de entrar.

Logo se separaram do menino munchkin, que foi levado pelo Soldado de Bigode Verde por uma rua lateral em direção à prisão. Ojo sentia-se muito mal e bastante envergonhado, mas começava a ficar com raiva porque estava sendo tratado de maneira infame. Em vez de entrar na esplêndida Cidade das Esmeraldas como um respeitável viajante que deveria ter direito a boas-vindas e hospitalidade, estava sendo levado como um criminoso, algemado e em um uniforme que mostrava a todos aqueles que encontrava a sua profunda desgraça.

Ojo era um menino gentil e afável por natureza, e, se tinha desobedecido a Lei de Oz, foi para devolver a vida a seu querido Unc Nunkie. Sua falta era mais um ato impensado do que malvado, mas isso não alterava o fato de que tinha cometido uma falta. No início ele sentiu-se triste e com remorsos, mas quanto mais pensava no tratamento injusto que estava recebendo – injusto simplesmente porque o considerava assim –, mais se ressentia de sua prisão, culpando Ozma por fazer leis tolas e então punir as pessoas por quebrarem essas leis. Um simples trevo de seis folhas! Uma plantinha verde que cresce à toa e é pisada por todo mundo. Que prejuízo causou pegando-a? Ojo começou a pensar que Ozma era uma governante má e opressora para a adorável e bonita terra de Oz. O Homem-Farrapo dizia que o povo a amava; mas como podiam?

O menininho munchkin estava tão ocupado pensando essas coisas – o que muitos prisioneiros culpados já tinham pensado antes dele – que mal notou todo o esplendor das ruas da cidade pelas quais eles passavam. Sempre que encontrava alguma pessoa feliz e sorridente, o menino virava a cabeça para o lado por vergonha, embora ninguém soubesse quem estava debaixo daquele uniforme.

Logo depois eles chegaram a uma casa construída bem ao lado da muralha da grande cidade, mas em um lugar calmo e retirado. Era uma casa bonita, bem pintada e com muitas janelas. Na frente havia um jardim cheio de flores desabrochando. O Soldado de Bigode Verde levou Ojo por um caminho de cascalho até a porta da frente, na qual bateu.

Uma mulher abriu a porta e, vendo Ojo em seu uniforme branco, exclamou:

– Ora vejamos! Um prisioneiro afinal. Mas que pequenino, soldado.

– Tamanho não importa, querida Tollydiggle. Resta o fato de que ele é um prisioneiro – disse o soldado. – E sendo aqui a prisão, e você a carcereira, é meu dever deixar o prisioneiro a seu cargo.

– Verdade. Vão entrando então. Darei a você um recibo do menino.

Entraram na casa e atravessaram o saguão até uma grande sala circular, onde a mulher tirou o uniforme de Ojo e olhou para ele com verdadeiro interesse. O menino, de sua parte, contemplava maravilhado tudo em volta dele, pois nunca tinha sonhado com um aposento tão magnífico como aquele em que estava. O teto da cúpula do recinto era de vidro colorido, trabalhado com belos desenhos. As paredes tinham painéis de ouro, decorados com pedras preciosas de tamanho grande e muitas cores, e sobre o chão de ladrilhos havia macios tapetes em que era muito agradável de andar. A mobília, estruturada em placas de ouro, era acolchoada com brocado de cetim e consistia em confortáveis cadeiras, divãs e bancos de grande variedade. Havia também diversas mesas com tampos de espelho e armários cheios de coisas raras e curiosas. Em um canto, uma prateleira cheia de livros ocupava toda a parede, e em algum lugar Ojo viu um armário que continha todo tipo de jogos.

– Posso ficar aqui um pouquinho, antes de ir para a prisão? – perguntou o menino, suplicante.

– Ora, esta é a sua prisão – replicou Tollydiggle –, e eu sou sua carcereira. Tire essas algemas, soldado, porque é impossível para qualquer pessoa fugir desta casa.

– Sei disso muito bem – replicou o soldado, e imediatamente tirou as algemas, libertando o prisioneiro.

A mulher tocou em um botão na parede, e acendeu um grande candelabro que pendia do teto, pois estava ficando escuro lá fora. Então sentou-se em uma escrivaninha e perguntou:

– Qual é o nome dele?

– Ojo, o Azarado – respondeu o Soldado de Bigode Verde.

– Azarado? Ah, isso dá pra ver – disse ela.

– Infringir a Lei de Oz.

– Está bem. Aí está seu recibo, soldado; e agora eu sou a responsável pelo prisioneiro. Estou feliz por isso, pois é a primeira vez que tenho alguma coisa para fazer em minha função oficial – observou a carcereira, em tom satisfeito.

– Acontece o mesmo comigo, Tollydiggle – riu o sodado. – Mas minha tarefa terminou, e preciso ir e relatar a Ozma que cumpri meu dever como fiel força policial, exército leal e honesto guarda-costas... que espero ser.

Dizendo isso, ele acenou um adeus para Tollydiggle e para Ojo, e foi embora.

– Agora, então – disse a mulher bruscamente –, vou servir-lhe alguma coisa para jantar, porque sem dúvida está com fome. O que você prefere: peixe na chapa, omelete com geleia ou costeletas de cordeiro com molho?

Ojo ficou pensativo. E então disse:

– Fico com as costeletas, por favor.

– Muito bem; divirta-se enquanto vou preparar; não vou demorar – e saiu por uma porta, deixando o prisioneiro sozinho.

Ojo estava atônito, pois aquilo não se parecia com nenhuma outra prisão de que ele tivesse ouvido falar, e ele estava sendo tratado mais como um convidado do que como um criminoso. Havia muitas janelas e nenhuma tinha cadeado. Havia três portas para a sala, e nenhuma com ferrolho. Ele abriu cuidadosamente uma das portas e descobriu que levava para um corredor. Mas ele não tinha a intenção de tentar escapar. Se sua carcereira desejava confiar nele, não iria trair sua confiança, e, além disso, um jantar quente estava sendo preparado para ele, e sua prisão era muito agradável e confortável. Então, pegou um livro no armário e sentou-se em uma grande cadeira para olhar as figuras.

Isso o distraiu até que a mulher chegou com uma grande bandeja e colocou toalha em uma das mesas. Então arrumou o seu jantar, que se mostrou a refeição mais variada e deliciosa que Ojo já havia comido na vida.

Tollydiggle sentou-se perto dele enquanto o menino comia, costurando um belo tecido que ela tinha no colo. Quando ele acabou, ela limpou a mesa e então leu para ele uma história de um dos livros.

— Isto é mesmo uma prisão? — perguntou ele, quando ela terminou de ler.

— Na verdade é — replicou ela. — É a única prisão na Terra de Oz.

— E eu sou prisioneiro?

— Abençoada criança! Claro que é.

— Então por que a prisão é tão fina, e por que você é tão boa comigo? — perguntou ele seriamente.

Tollydiggle pareceu surpresa com essa pergunta, mas logo respondeu:

— Consideramos o prisioneiro um infeliz. É um infeliz sob dois aspectos: porque fez alguma coisa errada e porque está privado de sua liberdade. Portanto, devemos tratá-lo bem, por causa de sua infelicidade, pois de outro modo ele poderia tornar-se duro e amargo, e não sentiria por ter feito algo errado. Ozma pensa que alguém que cometeu uma falta fez isso porque não era forte nem corajoso; portanto o coloca na prisão para fazer dele alguém forte e corajoso. Quando cumprir a pena e não for mais um prisioneiro, mas um bom e leal cidadão, todos ficarão felizes que ele tenha então se tornado forte o suficiente para resistir ao erro. Veja, é a bondade que torna alguém forte e corajoso; por isso somos bons com nossos prisioneiros.

Ojo pensou naquilo com toda a atenção.

— Eu imaginava — disse ele — que os prisioneiros sempre fossem tratados duramente para serem punidos.

— Seria horrível — exclamou Tollydiggle. — A pessoa já não se sente punida o suficiente por saber que agiu errado? Não desejaria, Ojo, de todo o seu coração, não ter desobedecido e infringido a Lei de Oz?

— Eu... odeio ser diferente das outras pessoas — admitiu ele.

— Sim; as pessoas querem ser tão respeitadas quanto seus vizinhos — disse a mulher. — Quando você é tentado e se descobre culpado, sente-se obrigado a emendar-se de algum modo. Não sei bem o que Ozma vai fazer com você, porque essa é a primeira vez que um de nós infringe a lei; mas pode estar certo de que ela será justa e terá compaixão. Aqui, na Cidade das Esmeraldas, as pessoas são muito felizes e estão sempre contentes, por isso não fazem nada errado; mas você deve ter vindo de algum canto remoto de nossa terra e, como não podia ter amor por Ozma porque não a conhecia, sem querer infringiu uma de suas leis.

– Sim – disse Ojo –, vivi toda a minha vida no meio de uma floresta isolada, onde nunca via ninguém a não ser meu querido Unc Nunkie.

– Foi o que pensei – disse Tollydiggle. – Mas agora já falamos demais, então vamos jogar um pouco até a hora de dormir.

A PRINCESA DOROTHY

    Dorothy Gale estava sentada em uma de suas salas no palácio real, e a seus pés brincava um cãozinho preto de pelo felpudo e olhos muito brilhantes. Ela usava uma simples túnica branca, sem joia alguma nem ornamentos, a não ser um lenço de cabelo verde-esmeralda, pois Dorothy era uma garotinha simples e não tinha de modo algum sido estragada pela magnificência que a cercava. Antes ela morava nas planícies do Kansas, na América, mas parecia marcada pela aventura, pois tinha feito diversas viagens à Terra de Oz antes de vir morar neste lugar por sua vontade. Sua melhor amiga era a bela Ozma de Oz, que gostava tanto de Dorothy que a mantinha em seu próprio palácio para poder tê-la por perto. O tio Henry e a tia Em – os únicos parentes que tinha no mundo – também haviam sido trazidos para lá por Ozma, que lhes deu uma agradável casa. Dorothy conhecia quase todo mundo em Oz, e acabou por descobrir o Espantalho, o Homem de Lata e o Leão Covarde, assim como Tic-Tac, o Homem-Máquina. Sua vida era muito agradável agora, e embora tivesse se tornado princesa por obra de sua amiga Ozma, não se importava muito em ser princesa, e continuava tão doce como quando era a simples Dorothy Gale do Kansas.

Dorothy estava lendo um livro naquela tarde quando Jellia Jamb, sua criada favorita do palácio, veio dizer que o Homem-Farrapo queria vê-la.

– Está bem – disse Dorothy –, diga a ele que vou vê-lo agora.

– Mas ele está com umas criaturas esquisitas... as mais esquisitas que já vi – disse Jellia.

– Não importa; mande todos eles entrarem – replicou Dorothy.

Mas quando a porta se abriu para a entrada não só do Homem-Farrapo, mas de Aparas, o Zonzo e a Gata de Vidro, Dorothy se pôs de pé de um pulo e ficou olhando encantada para os estranhos visitantes. A Menina de Retalhos era a mais curiosa de todos, e Dorothy não teve certeza, de cara, se Aparas era mesmo um ser vivo ou apenas um sonho, ou pesadelo. Totó, seu cãozinho, levantou-se lentamente e foi até a Menina de Retalhos cheirá-la com ar inquisidor; mas logo veio se deitar de novo, como se dissesse que não tinha maior interesse em uma criatura tão incomum.

– Você é completamente nova para mim – disse Dorothy pensativa, dirigindo-se para a Menina de Retalhos. – Não consigo imaginar de onde pode ter vindo.

– Quem, eu? – perguntou Aparas, olhando em volta da bela sala em vez de olhar para a menina. – Ah, venho de uma colcha de cama, acho. É o que dizem. Alguns a chamam de colcha doida, outros de colcha de retalhos. Mas meu nome é Aparas... e agora você já sabe tudo sobre mim.

– Tudo não – retornou Dorothy, com um sorriso. – Gostaria que me contasse como acabou ficando viva.

– É uma tarefa fácil – disse Aparas, sentando-se em uma grande cadeira de molas, estofada, e fazendo seu corpo subir e descer com o movimento das molas. – Margolotte queria uma escrava, então me fez com uma velha colcha de retalhos que não usava mais. Estofamento de algodão, olhos de botões de suspensórios, língua de veludo vermelho, dentes feitos de pérolas. O Mágico Torto fez um Pó da Vida, polvilhou--o em mim e aqui estou eu. Talvez você tenha notado minhas cores diferentes. Um cavalheiro muito educado e refinado que encontrei, chamado Espantalho, disse-me que sou a criatura mais bonita de toda Oz, e eu acreditei.

– Ah! Você encontrou nosso Espantalho, então? – perguntou Dorothy, um pouco perplexa ao ouvir a breve história.

– Sim; ele não é divertido?

– O Espantalho tem muitas qualidades boas – replicou Dorothy. – Mas sinto muito ouvir tudo isso sobre o Mágico Torto. Ozma vai ficar maluca quando souber que ele está fazendo mágicas de novo. Ela lhe disse para não fazer.

– Ele só pratica mágica para o benefício de sua família – explicou Engano, que mantinha uma respeitável distância do cãozinho preto.

– Minha cara – disse Dorothy –, eu não a tinha notado antes. Você é de vidro ou o quê?

– Sou de vidro, e transparente também, que é mais do que se pode dizer de certas pessoas – respondeu a gata. – Também tenho um adorável cérebro cor-de-rosa; você pode vê-lo trabalhar.

– Ah, é mesmo? Venha até aqui e deixe-me ver.

A Gata de Vidro hesitou, olhando para o cachorro.

– Mande o animal embora e eu irei – disse ela.

– Animal! O que é isso, é o meu cão Totó, e é o cão mais bonzinho do mundo. Totó sabe uma porção de coisas, também; quase tanto quanto eu, acho.

– Por que ele não diz alguma coisa? – perguntou Engano.

– Ele não fala, não é um cachorro encantado – explicou Dorothy. – É apenas um cachorro comum; mas é o bastante; eu o entendo, e ele me entende, tão bem como se nos falássemos.

Totó, com isso, levantou-se e esfregou suavemente a cabeça na mão de Dorothy, que ela manteve nele, e ergueu o olhar para o rosto dela como se tivesse entendido cada palavra que ela tinha dito.

– Essa gata, Totó – disse Dorothy para ele –, é feita de vidro, então você não deve amolá-la, nem caçá-la, mas tratá-la como trata Eureka. É frágil e pode quebrar se bater em qualquer coisa.

– *Au!* – disse Totó, e isso queria dizer que entendia.

A Gata de Vidro estava tão orgulhosa de seu cérebro cor-de-rosa que se aventurou a chegar bem perto de Dorothy a fim de que a menina pudesse "vê-lo trabalhar". Era realmente interessante, mas quando Dorothy acariciou a gata, achou o vidro frio e duro, e indiferente, então logo decidiu que Engano nunca serviria como animal de estimação.

– O que você sabe do Mágico Torto, que vive na montanha? – perguntou Dorothy.

– Foi ele que me fez – respondeu a gata –, então, sei tudo sobre ele. A Menina de Retalhos é nova, tem só uns três ou quatro dias, mas eu vivo com o doutor Pipt há anos; e, embora eu não me importe muito com ele, devo dizer que sempre tem recusado fazer mágicas para todas as pessoas que vêm até sua casa. Ele acha que não faz mal algum em fazer coisas mágicas para sua própria família, e me fez de vidro porque os gatos de carne tomam muito leite. Também trouxe Aparas à vida para que ela pudesse fazer o trabalho de casa para sua mulher, Margolotte.

– Então por que vocês duas o deixaram? – perguntou Dorothy.

– Acho melhor eu lhe explicar isso – interrompeu o Homem-Farrapo, e então contou a Dorothy toda a história de Ojo, e como Unc Nunkie e Margolotte tinham se transformado em mármore, por acidente, com o Líquido da Petrificação. Depois contou como o menino tinha iniciado a busca das coisas necessárias para fazer o encanto mágico que poderia restaurar a vida dos infelizes, e como tinha encontrado o Zonzo e resolvera trazê-lo com ele porque não tinha conseguido arrancar os três pelos de sua cauda. Dorothy ouviu tudo com muito interesse, e pensou que, de certo modo, Ojo tinha agido muito bem. Mas quando o Homem-Farrapo lhe contou que o menino munchkin tinha sido preso pelo Soldado de Bigode Verde, por ser acusado de ter infringido a Lei de Oz intencionalmente, a garotinha ficou bastante chocada.

– O que você imagina que ele fez para isso? – perguntou ela.

– Receio que tenha pegado um trevo de seis folhas – respondeu o Homem-Farrapo, tristemente. – Eu não vi o menino fazer isso, e o avisei de que era contra a lei; mas talvez tenha sido isso o que ele fez.

– Sinto muito por tudo isso – disse Dorothy séria –, porque agora não haverá ninguém mais para ajudar seu pobre tio e Margolotte, exceto essa Menina de Retalhos, o Zonzo e a Gata de Vidro.

– Não diga isso – disse Aparas. – Isso não é problema meu. Margolotte e Unc Nunkie são completamente estranhos para mim, pois, no momento em que eu ganhei vida, eles se transformaram em mármore.

– Entendo – observou Dorothy com um suspiro de pena –, a mulher esqueceu-se de lhe dar um coração.

– Fico feliz por isso – retorquiu a Menina de Retalhos. – Um coração deve ser uma grande amolação para quem tem. Faz a pessoa sentir-se triste ou sentida, ou devotada ou compassiva, e todas essas sensações interferem na felicidade da pessoa.

– Eu tenho coração – murmurou a Gata de Vidro. – É feito de rubi; mas não acho que ele vá me deixar aborrecida por salvar Unc Nunkie e Margolotte.

– Deve ser bem duro o seu coração – disse Dorothy. – E o do Zonzo, claro...

– Ora, quanto a mim – observou o Zonzo, que estava reclinado no chão com as pernas dobradas sob o corpo, de modo que mais parecia uma caixa quadrada –, nunca vi essas pessoas infelizes de que vocês estavam falando, e ainda assim sinto muito por elas, e isso às vezes me deixa infeliz. Quando fui isolado e trancado na floresta, ansiava por alguém que me ajudasse, e pouco depois chegou Ojo e me salvou. Por isso, desejo ajudar o tio dele. Sou apenas um animal estúpido, Dorothy, mas não posso fazer nada em relação a isso, e se você me disser o que fazer para ajudar Ojo e a seu tio, ficarei feliz em colaborar.

Dorothy aproximou-se e acariciou a cabeça do Zonzo.

– Você não é exatamente bonito – disse ela –, mas gosto de você. O que você é capaz de fazer; algo especial?

– Posso fazer meus olhos lançarem fogo, fogo de verdade, quando fico bravo. Quando alguém me diz: "Krízou-kru", fico enraivecido, e então meus olhos lançam fogo.

– Não vejo como fogos de artifício possam ajudar o tio de Ojo – observou Dorothy. – Sabe fazer mais alguma coisa?

– Eu... pensava que tinha um rugido terrível – disse o Zonzo, hesitante –, mas talvez estivesse enganado.

– Sim – disse o Homem-Farrapo –, você com certeza estava enganado em relação a isso – então ele se virou para Dorothy e acrescentou: – O que vai acontecer com o menino munchkin?

– Não sei – disse ela, balançando a cabeça pensativamente. – Ozma vai ver o menino, é claro, e então deve puni-lo. Mas como, eu não sei, porque ninguém nunca foi punido em Oz desde que ouvi falar deste lugar. Que coisa, não, Homem-Farrapo?!

Enquanto eles conversavam, Aparas passeava à toa pela sala, examinando todas as coisas bonitas que havia ali. Tinha carregado a cesta de Ojo na mão, até agora, quando decidiu ver o que havia dentro dela. Encontrou pão e queijo, que não tinham utilidade para ela, e o pacote de encantos, que era curioso, mas um verdadeiro mistério. Então, tirando aquelas coisas da cesta, ela viu o trevo de seis folhas que o menino tinha colhido.

Aparas era muito esperta, e, embora não tivesse coração, reconhecia o fato de que Ojo era seu primeiro amigo. Logo entendeu que, pelo fato de o menino ter pegado o trevo, havia sido preso, e compreendeu que Ojo tinha lhe dado a cesta para que não o encontrassem em posse do trevo, e não tivessem prova de seu crime. Então, virando a cabeça para ver se não havia alguém olhando, tirou o trevo da cesta e jogou-o em um vaso de ouro que ficava sobre a mesa de Dorothy. Depois, aproximou-se e disse a Dorothy:

– Não me preocupo em ajudar o tio de Ojo, mas quero ajudar Ojo. Ele não infringiu a lei, ninguém pode provar isso, e esse Soldado de Bigode Verde não tem o direito de prendê-lo.

– Ozma ordenou a prisão do menino – disse Dorothy –, e é claro que ela sabia o que estava fazendo. Mas, se você provar que Ojo é inocente, eles logo o soltarão.

– Eles terão que provar que ele é culpado, não? – perguntou Aparas.

– Suponho que sim.

– Bem, eles não podem provar – declarou a Menina de Retalhos.

Como estava perto da hora de Dorothy jantar com Ozma, o que fazia todas as noites, ela chamou um servente e ordenou que o Zonzo fosse encaminhado a uma bela sala e lhe dessem toda a comida de que ele mais gostasse.

– O que mais gosto de comer é mel de abelhas – disse o Zonzo.

– Você não vai ter mel de abelhas, mas receberá uma comida tão boa quanto essa – disse-lhe Dorothy.

Então arrumou um quarto para a Gata de Vidro passar a noite, e, para a Menina de Retalhos, destinou um dos próprios quartos, porque estava muito interessada na estranha criatura e queria falar com ela e tentar entendê-la melhor.

OZMA E SEUS AMIGOS

O Homem-Farrapo tinha um quarto só dele no palácio real, então dirigiu-se até lá para trocar suas roupas felpudas por outras tão felpudas quanto, mas não empoeiradas da viagem. Escolheu um traje de cetim e veludo verde-ervilha e rosa, com felpas desfiadas e bordadas em todas as bordas, e ornamentos de pérolas iridescentes. Então tomou banho em uma banheira de alabastro e escovou o cabelo encaracolado ao contrário para ficar mais encaracolado ainda. Em seguida, vestido de esplêndidas roupas felpudas, ele foi até o salão de banquetes de Ozma e encontrou o Espantalho, o Mágico e Dorothy já reunidos ali. O Espantalho tinha feito uma rápida viagem e voltara à Cidade das Esmeraldas com sua orelha esquerda recém-pintada.

Um momento depois, enquanto todos esperavam, um criado abriu completamente a porta, a orquestra começou a tocar a música e Ozma de Oz entrou.

Muito tem sido falado e escrito em relação à beleza pessoal e de caráter dessa doce menina, soberana da Terra de Oz – a terra encantada mais rica, mais feliz e mais agradável de que já tivemos conhecimento.

Apesar de todas as suas qualidades de rainha, Ozma era uma menina de verdade e gostava das coisas da vida que as outras meninas também gostavam. Quando ela sentava-se em seu esplêndido trono de esmeralda, na grande Sala do Trono de seu palácio, fazia leis, resolvia disputas e tentava manter todos os seus súditos felizes e contentes, era dignificada e reservada como qualquer rainha deve ser; mas quando deixava de lado seu manto de Estado, cheio de joias, e seu cetro, e recolhia-se em seus aposentos privados, a garota – alegre, despreocupada e livre – tomava o lugar da serena governante.

No salão de banquetes nessa noite estavam reunidos apenas seus velhos e confiáveis amigos, de modo que ali Ozma era ela mesma, uma simples garota. Saudou Dorothy com um beijo, o Homem-Farrapo com um sorriso, o pequeno velho Mágico com um amigável aperto de mão e então pressionou o braço estofado do Espantalho e exclamou alegremente:

– Que orelha esquerda adorável! Vejam só, é cem vezes melhor do que a antiga.

– Fico feliz que tenha gostado – replicou o Espantalho, bastante satisfeito. – Jinjur fez um belo trabalho, não? E minha audição agora está perfeita. Não é maravilhoso o que uma tintazinha pode fazer, se adequadamente aplicada?

– É realmente maravilhoso – concordou ela, enquanto todos sentavam-se –, mas o Cavalete fez suas pernas voarem para trazer você de tão longe em um dia. Não esperava que chegasse antes de amanhã, no mínimo.

– Bem – disse o Espantalho –, encontrei uma garota encantadora na estrada e queria vê-la mais um pouco, então corri.

Ozma riu.

– Sei – respondeu ela –, é a Menina de Retalhos. Ela é mesmo desconcertante, senão realmente bonita.

– Você a viu, então? – perguntou o homem de palha, ansioso.

– Só no meu quadro mágico, que me mostra todas as cenas de interesse para a Terra de Oz.

– Receio que o quadro não faça justiça a ela – disse o Espantalho.

– Ao que me parece, ninguém poderia ser mais deslumbrante – declarou Ozma. – Seja quem for que confeccionou essa colcha de retalhos, com a qual Aparas foi feita, deve ter selecionado os pedaços mais alegres e brilhantes de roupa que existem.

– Fico feliz que tenha gostado dela – disse o Espantalho, em tom satisfeito.

Embora o homem de palha não comesse, pois não fora feito para isso, sempre acompanhava Ozma e seus companheiros, simplesmente pelo prazer de conversar com eles. Mesmo assim sentou-se à mesa e tinha um guardanapo e um prato, mas os criados sabiam que não deviam oferecer-lhe comida. Após um momento, perguntou:

– Onde está a Menina de Retalhos agora?

– No meu quarto – replicou Dorothy. – Tive uma conversa agradável com ela; é tão estranha e incomum!

– É meio doida, penso eu – acrescentou o Homem-Farrapo.

– Mas é tão bonita! – exclamou o Espantalho, como se esse fato anulasse todas as críticas.

Todos riram de seu entusiasmo, mas o Espantalho ficou bastante sério. Vendo que ele estava interessado em Aparas, evitaram dizer alguma coisa contra ela. O pequeno grupo de amigos que Ozma tinha reunido em volta dela era tão excentricamente variado que era preciso ter muito cuidado para não magoar seus sentimentos ou deixar algum deles infeliz. Era então uma gentileza calculada que mantinha os amigos próximos e os habilitava a divertirem-se socialmente uns com os outros.

Outra coisa que eles evitavam era conversar sobre assuntos desagradáveis, e por essa razão Ojo e seus problemas não foram mencionados durante o jantar. O Homem-Farrapo, no entanto, contou suas aventuras com as plantas monstruosas que agarravam e envolviam os viajantes, e contou como ele tinha roubado de Chiss, o porco-espinho gigante, os espinhos que ele costumava disparar contra as pessoas. Tanto Dorothy como Ozma divertiram-se com essa façanha e acharam que tinha sido uma lição para Chiss.

Então eles falaram do Zonzo, que era o animal mais extraordinário que eles já haviam visto – a não ser, talvez, o Cavalete vivo. Ozma não fazia ideia de que em seus domínios viviam criaturas tais como aquele Zonzo, do qual só havia um exemplar, e confinado naquela floresta por muitos anos. Dorothy disse que acreditava que o Zonzo era um bom animal, honesto e confiável; mas acrescentou que não tinha muito afeto pela Gata de Vidro.

– Ainda assim – disse o Homem-Farrapo –, a Gata de Vidro é muito bonita e, se não fosse tão convencida de seu cérebro cor-de-rosa, ninguém faria objeção a tê-la como companheira.

O Mágico estivera comendo em silêncio até agora, quando olhou para cima e observou:

– O Pó da Vida feito pelo Mágico Torto é realmente uma coisa maravilhosa. Mas o doutor Pipt não sabe seu verdadeiro valor e o utiliza das maneiras mais tolas.

– Preciso pensar sobre isso – disse Ozma, com seriedade. Então sorriu de novo e continuou em um tom mais leve: – Foi o famoso Pó da Vida do doutor Pipt que possibilitou que eu me tornasse a soberana de Oz.

– Nunca ouvi essa história – disse o Homem-Farrapo, olhando para Ozma inquisitivamente.

– Bem, quando eu era bebê, fui raptada por uma velha bruxa chamada Mombi e transformada em menino – começou a soberana. – Eu não sabia quem eu era, e, quando cresci o suficiente para trabalhar, a bruxa me colocou para ajudá-la a pegar madeira para acender o fogo e para carpir o jardim. Um dia ela voltava de uma viagem trazendo um pouco do Pó da Vida que o doutor Pipt havia lhe dado. Como eu gostava de me divertir e odiava a bruxa, tinha feito um homem com cabeça de abóbora e colocado em seu caminho para assustá-la. Mas ela sabia bem o que era e, para testar seu Pó da Vida, pulverizou um pouco no homem que eu tinha feito. Ele ganhou vida, e hoje é o nosso querido amigo Jack Cabeça de Abóbora. Nessa noite, fui embora de lá com Jack para escapar do castigo que ela me daria, e levei o Pó da Vida de Mombi comigo. Durante a viagem, encontramos o Cavalete de madeira parado na estrada, e usei meu pó mágico para trazê-lo à vida. O Cavalete ficou comigo desde então. Quando cheguei à Cidade das Esmeraldas, a bruxa boa, Glinda, sabia quem eu era e me restaurou como a pessoa que sempre fora, e me tornei por direito a governante desta terra. Veja então que, se a velha Mombi não tivesse trazido para casa o Pó da Vida, eu nunca teria ido embora de lá nem me tornado Ozma de Oz, e nunca teríamos Jack Cabeça de Abóbora, nem o Cavalete para nos confortar e nos divertir.

A história interessou muito ao Homem-Farrapo, assim como aos outros, que já a tinham ouvido antes. O jantar por fim terminou, e todos se dirigiram à sala de estar de Ozma, onde passaram uma noite agradável antes que chegasse a hora de se recolherem.

OJO É PERDOADO

Na manhã seguinte, o Soldado de Bigode Verde foi até a prisão e tirou Ojo dali para levá-lo ao palácio real, onde ele fora convocado a comparecer diante da garota soberana para o julgamento. O soldado o algemou novamente e trouxe para ele vestir o uniforme branco de prisioneiro, pontudo no alto e com buracos para os olhos. Ojo ficou muito envergonhado, tanto por sua desgraça quanto pela falta que havia cometido, que até achou bom estar coberto com aquele uniforme, dessa forma as pessoas não podiam vê-lo nem saber quem era ele. Então, seguiu o Soldado de Bigode Verde bem de perto, ansioso para que seu destino fosse decidido assim que possível.

Os habitantes da Cidade das Esmeraldas eram educados e nunca zombavam dos menos afortunados; mas fazia tanto tempo que não viam um prisioneiro, que olhavam com curiosidade para o menino, e muitos correram até o palácio real para estar presentes durante o julgamento.

Quando Ojo foi escoltado até a grande Sala do Trono do palácio, encontrou centenas de pessoas reunidas ali. No magnífico trono de esmeraldas, que brilhava com incontáveis joias, estava sentada Ozma de Oz, vestida com seu Manto Real, bordado de esmeraldas e pérolas. À sua direita, mas um pouco abaixo, estava Dorothy, e à sua esquerda, o Espantalho. Ainda embaixo, mas quase em frente a Ozma, estava sentado o maravilhoso Mágico de Oz, e em uma mesinha ao lado dele estava um vaso dourado da sala de Dorothy, no qual Aparas tinha escondido o trevo roubado.

Aos pés de Ozma estavam agachados dois animais enormes, cada um deles o maior e mais forte de sua espécie. Embora esses animais estivessem soltos, ninguém dos presentes ficou preocupado com eles; porque o Leão Covarde e o Tigre Faminto eram bastante conhecidos e respeitados na Cidade das Esmeraldas, e sempre faziam a guarda da soberana quando ela convocava a alta corte na Sala do Trono. Havia ainda outro animal presente, mas esse estava nos braços de Dorothy, pois era sua companhia constante, o cãozinho Totó. Totó conhecia o Leão Covarde e o Tigre Faminto e com frequência brincava com eles, pois eram bons amigos.

Sentados em cadeiras de marfim diante de Ozma, com um claro espaço entre eles e o trono, estavam muitos membros da nobreza da Cidade das Esmeraldas, senhores e senhoras em seus belos trajes, e oficiais do reino, em seus uniformes reais de Oz. Atrás desses cortesãos estavam outros, de menor importância, preenchendo todo o salão até as portas.

No mesmo instante em que o Soldado de Bigode Verde chegou com Ojo, o Homem-Farrapo entrou por um porta lateral, em companhia da Menina de Retalhos e da Gata de Vidro. Todos eles ocuparam um espaço vazio diante do trono e ficaram de frente para a soberana.

– Olá, Ojo – disse Aparas –, como vai?

– Tudo bem – replicou ele; mas aquela cena intimidava o menino e sua voz pareceu tremer um pouco de medo.

Nada poderia intimidar a Menina de Retalhos, e, embora o Zonzo se sentisse um tanto desconfortável no esplendor daquele ambiente, a Gata de Vidro estava maravilhada com a suntuosidade da corte e a solenidade da ocasião... de palavras difíceis, mas muito expressivas.

A um sinal de Ozma, o soldado tirou o uniforme branco de Ojo, e o menino ficou face a face com a menina que iria decidir sua punição. Ele viu de repente como ela era adorável e doce, e seu coração deu um pulo de alegria, porque ficou com a esperança de que ela tivesse compaixão dele.

Ozma ficou olhando para o prisioneiro por um longo tempo. Então disse calmamente:

– Uma das Leis de Oz proíbe a qualquer pessoa arrancar trevos de seis folhas. Você é acusado de ter infringido essa lei, mesmo depois de ter sido avisado para não fazer isso.

Ojo abaixou a cabeça, e, enquanto hesitava quanto ao que deveria dizer, a Menina de Retalhos deu um passo à frente e falou por ele.

– Toda essa confusão é sobre coisa nenhuma – disse ela, encarando Ozma sem a mínima vergonha. – Você não pode provar que ele pegou o trevo de seis folhas, então não tem o direito de acusá-lo por isso. Reviste o garoto, se quiser, mas não vai encontrar nada com ele. Ele não ficou com o trevo, por isso lhe peço que liberte esse pobre menino munchkin.

Todos ali ouviram aquele desafio, espantados e surpresos com a estranha Menina de Retalhos que ousava falar tão firmemente com sua soberana. Mas Ozma continuou sentada, imóvel e em silêncio, e foi o Mágico que respondeu a Aparas.

– Então o trevo não foi colhido, hein? – disse ele. – Acredito que foi. Penso que o menino o escondeu em sua cesta, e depois deu a cesta para você. Acredito também que você jogou o trevo dentro desse vaso, que fica nos aposentos da princesa Dorothy, esperando que ficasse ali esquecido e não pudesse comprovar a culpa do menino. Você é uma estranha aqui, senhorita Retalhos, e por isso não sabe que nada nem ninguém consegue esconder-se do poderoso quadro mágico da soberana... nem dos olhos vigilantes do nosso humilde Mágico de Oz. Vejam todos vocês! - e com essas palavras apontou com a mão o vaso que estava na mesa, que Aparas via agora pela primeira vez.

Da boca do vaso brotava uma planta que crescia lentamente aos olhos de todos até tornar-se um bonito arbusto, e no galho mais alto apareceu o trevo de seis folhas que Ojo infelizmente havia pegado.

A Menina de Retalhos olhou para o trevo e disse:

- Ah, então vocês o encontraram. Muito bem; provem que ele o pegou, se puderem.

Ozma virou-se para Ojo.

- Você pegou o trevo de seis folhas? - perguntou ela.

- Sim - disse ele. - Eu sabia que era contra a lei, mas eu queria salvar Unc Nunkie e tinha medo de pedir o seu consentimento para pegá-lo e de você recusar.

- O que fez você pensar assim? - perguntou a soberana.

- Ora, essa lei me pareceu tola, injusta e sem razão. Mesmo agora não vejo nenhum mal em pegar um trevo de seis folhas. E eu... eu nunca tinha visto a Cidade das Esmeraldas então, nem a você, e pensei que uma garota que tinha feito uma lei dessas não parecia ser capaz de ajudar alguém com problemas.

Ozma olhou pensativamente para ele, descansando o queixo na mão; mas não estava com raiva. Ao contrário, sorriu um pouco enquanto pensava e ficou novamente séria.

- Suponho que muitas boas leis pareçam tolas para aqueles que não as compreendem - disse ela -, mas nenhuma lei existe sem algum propósito, e esse propósito geralmente é proteger todas as pessoas e manter o bem-estar delas. Como você é um estranho, vou explicar essa lei que lhe pareceu tão tola. Anos atrás havia muitas bruxas e mágicos na Terra de Oz, e uma das coisas que eles sempre usavam para fazer seus encantos e transformações mágicas era o trevo de seis folhas. Essas bruxas e esses mágicos causaram tantos problemas para as pessoas, muitas vezes usando seus poderes mais para o mal do que para o bem, que eu decidi proibir qualquer pessoa de praticar a magia ou bruxaria, a não ser Glinda, a Bruxa Boa, e seu assistente, o Mágico de Oz, nos quais eu posso confiar, pois usarão suas artes apenas para o benefício das pessoas e para deixá-las mais felizes. Desde que decretei essa lei, a Terra de Oz ficou mais pacífica e calma; mas aprendi que algumas das bruxas e dos mágicos ainda estavam praticando a magia dissimuladamente, e usando o trevo de seis folhas para fazer suas poções e seus encantos. Logo fiz outra lei proibindo qualquer um de colher trevos de seis folhas ou pegar outras plantas e ervas que os bruxos fervem para fazer trabalhos de magia. Isso quase colocou um fim à bruxaria do mal em nossa terra, então você vê que a lei não é uma coisa tola, mas sábia e justa; e, de qualquer modo, é errado desobedecer à lei.

Ojo sabia que ela estava certa e sentiu-se bastante mortificado ao perceber que tinha agido e falado de maneira ridícula. Mas ergueu a cabeça e olhou para Ozma no rosto, dizendo:

– Sinto muito por agir de maneira errada e infringir a lei. Eu queria salvar Unc Nunkie, e pensei que não fosse conseguir. Mas sou culpado por esse ato e qualquer punição que achar que eu mereça, vou aceitar voluntariamente.

Ozma sorriu mais animada, então, e assentiu graciosamente.

– Você está perdoado – disse ela. – Porque, embora tenha cometido uma falta grave, está arrependido agora e penso que já foi punido o suficiente. Soldado, liberte Ojo, o Sortudo, e...

– Desculpe-me; sou Ojo, o Azarado – disse o menino.

– Neste momento você é sortudo – disse ela. – Liberte-o, soldado, e deixe-o livre.

As pessoas ficaram contentes de ouvir o decreto de Ozma e murmuraram sua aprovação. Como a audiência real havia terminado, começaram a deixar a Sala do Trono e logo não havia mais ninguém, a não ser Ojo e seus amigos, e Ozma e seus favoritos.

A garota soberana pediu então a Ojo que se sentasse e lhe contasse toda a sua história, o que ele fez, começando pelo momento em que deixou sua casa na floresta e terminou com sua chegada à Cidade das Esmeraldas e sua prisão. Ozma ouviu atentamente e ficou por alguns instantes pensativa depois que o menino terminou de falar. Então disse:

– O Mágico Torto errou ao fazer a Gata de Vidro e a Menina de Retalhos, pois isso foi contra a lei. E se ele não tivesse mantido ilegalmente a garrafa com o Líquido da Petrificação em seu armário, o acidente com sua mulher Margolotte e Unc Nunkie jamais teria acontecido. Contudo, posso entender que Ojo, que ama seu tio, não ficará feliz, a menos que possa salvá-lo. Também acho errado deixar essas duas vítimas permanecerem como estátuas de mármore, quando deviam estar vivas. Então, proponho permitir ao doutor Pipt fazer o encanto mágico que vai salvá-los, e ajudar Ojo a encontrar as coisas que ele procura. O que acha disso, Mágico?

– Essa é talvez a melhor coisa a fazer – replicou o Mágico. – Mas, depois que o Mágico Torto restaurar a vida dessas pessoas, você deve tirar dele seus poderes mágicos.

– Assim farei – prometeu Ozma.

– Agora me diga, por favor: quais são as coisas mágicas que você precisa encontrar? – continuou o Mágico, dirigindo-se a Ojo.

– Os três pelos da cauda do Zonzo eu já tenho – disse o menino. – É isso, eu tenho o Zonzo, e os pelos estão na cauda. O trevo de seis folhas eu... eu...

– Você pode ficar com ele e guardá-lo – disse Ozma. – Isso não vai infringir a lei, pois já foi colhido, e o crime de colher foi perdoado.

– Obrigado! – exclamou Ojo agradecido. Então continuou: – A próxima coisa que preciso encontrar é um *gill* de água de um poço escuro.

O Mágico balançou a cabeça.

– Essa – disse ele – será uma tarefa difícil, mas se viajar o suficiente deve encontrá-lo.

– Posso viajar por anos, se isso salvar Unc Nunkie – declarou Ojo, sério.

– Então é melhor você começar sua viagem imediatamente – aconselhou o Mágico.

Dorothy tinha ouvido com interesse toda a conversa. Então, virou-se para Ozma e perguntou:

– Posso ir com Ojo, para ajudá-lo?

– Você gostaria de ir? – retornou Ozma.

– Sim. Conheço Oz muito bem, mas Ojo não conhece nada daqui. Fiquei muito triste por seu tio e pela pobre Margolotte, e gostaria de ajudar a salvá-los. Posso ir?

– Já que você quer – replicou Ozma.

– Se Dorothy vai, então eu devo ir para tomar conta dela – disse o Espantalho, decididamente. – Um poço escuro só pode ser encontrado em lugares fora do caminho, e nesses lugares existem muitos perigos.

– Eu tomo conta de mim mesma – anunciou Aparas –, porque vou com o Espantalho e Dorothy. Prometi a Ojo ajudá-lo a encontrar as coisas de que precisa e vou cumprir minha promessa.

– Muito bem – replicou Ozma. – Mas não vejo nenhuma necessidade de Ojo levar a Gata de Vidro e o Zonzo.

– Prefiro ficar aqui – disse a gata. – Quase já fui partida ao meio uma dúzia de vezes, e se eles vão por lugares perigosos, para mim é melhor ficar longe disso.

– Deixe Jellia Jamb cuidar da gata até que Ojo volte – sugeriu Dorothy. – Também não devemos levar o Zonzo, pois ele tem de ficar a salvo por causa dos três pelos de sua cauda.

– Melhor me levar – disse ele. – Meus olhos podem lançar fogo, vocês sabem, e posso rugir... um pouco.

– Estou certo de que ficará seguro aqui – decidiu Ozma, e o Zonzo não fez nenhuma objeção a isso.

Depois de se consultarem uns aos outros, decidiram que Ojo e seu grupo partiriam no dia seguinte para procurar o *gill* de água do poço escuro, por isso separaram-se para fazer os preparativos da viagem.

Ozma destinou ao menino munchkin um quarto no palácio naquela noite, e a manhã ele passou com Dorothy – para se familiarizar, segundo ela –, e recebeu conselhos do Homem-Farrapo sobre os lugares aonde deviam ir. O Homem-Farrapo tinha viajado por muitas partes de Oz, assim como Dorothy, e conheciam bem a região, ainda assim nenhum deles sabia onde poderiam encontrar um poço escuro.

– Se existisse uma coisa dessas nas regiões povoadas de Oz – disse Dorothy –, provavelmente já teríamos ouvido falar há muito tempo. Se existir algum nas regiões selvagens do país, ninguém lá deve precisar de um poço escuro. Talvez nem exista.

– Ah, deve existir sim! – retornou Ojo, afirmativamente –, se não a receita do doutor Pipt não exigiria isso.

– Bem, já nos comprometemos e vamos procurar isso esteja onde estiver – disse o Espantalho. – Para encontrá-lo, precisamos confiar na sorte.

– Não confiem tanto – pediu Ojo, sério. – Sou chamado de Ojo, o Azarado, vocês sabem.

ENCRENCA COM OS TOTTENHOTS

Com apenas um dia de viagem, a partir da Cidade das Esmeraldas, nosso bando de aventureiros chegou à casa de Jack Cabeça de Abóbora, que fora feita com a casca de uma imensa abóbora. O próprio Jack tinha feito a casa, e tinha muito orgulho dela. Além da porta, havia diversas janelas, e por cima da casa passava um tubo de aquecimento que saía de um fogão interno. Chegava-se à porta por um lance de três passos, e dentro havia uma boa sala, com uma mobília confortável.

Certamente Jack Cabeça de Abóbora poderia ter uma bela casa para viver se quisesse, pois Ozma gostava muito daquele tolo, que era seu companheiro mais antigo; mas Jack preferia sua casa de abóbora, que lhe servia muito bem, e nisso ele não era nada tolo.

O corpo dessa pessoa notável era feito de madeira, galhos de árvores de vários tamanhos que tinham sido usados para essa finalidade. A estrutura de madeira era revestida por uma camisa vermelha – de bolinhas brancas –, calça azul, colete amarelo, jaqueta verde e amarela e resistentes sapatos de couro. O pescoço era um bastão pontudo no qual estava enfiada sua cabeça de abóbora, e os olhos, orelhas, nariz e boca eram entalhados na casca da abóbora, como um brinquedo de criança.

A casa, uma criação interessante, ficava no meio de uma grande plantação de abóboras, onde cresciam ramas em profusão e abóboras tanto de tamanho extraordinariamente grande como abóboras pequenas. Algumas daquelas que agora amadureciam nas ramas eram tão grandes como a casa de Jack, e ele contou a Dorothy que pretendia acrescentar mais uma abóbora à sua mansão.

Os viajantes foram cordialmente recebidos naquele domicílio tão familiar e convidados a passar a noite ali, o que eles tinham planejado fazer. A Menina de Retalhos ficou bastante interessada em Jack e o examinou com muita admiração.

– Você é muito bonito – disse ela; – mas não tão bonito, na verdade, quanto o Espantalho.

Com isso, Jack se virou para examinar o Espantalho criticamente, e seu velho amigo disfarçadamente piscou um olho pintado para ele.

– Gosto não se discute – observou Cabeça de Abóbora, com um suspiro. – Um velho corvo uma vez me disse que eu era muito fascinante, mas é claro que o pássaro devia estar enganado. Ainda assim, tenho notado que os corvos normalmente evitam o Espantalho, que é um companheiro muito honesto, nesse sentido, mas estofado. Eu não sou estofado, vocês podem observar; meu corpo é feito de sólida madeira de nogueira.

– Eu adoro os estofados – disse a Menina de Retalhos.

– Bem, em relação a isso, minha cabeça é estofada com sementes de abóbora – declarou Jack. – Uso as sementes como recheio do cérebro, e quando elas são frescas, sou um intelectual. Neste momento, sinto dizer, minhas sementes estão chacoalhando um pouco, portanto logo vou precisar de uma nova cabeça.

– Ah, você troca de cabeça? – perguntou Ojo.

– Pode crer. As abóboras não são permanentes, o que é uma pena, em com o tempo estragam. É por isso que eu tenho uma grande plantação de abóboras – de onde posso selecionar uma nova cabeça quando necessário.

– Quem entalha seu rosto nelas? – perguntou o menino.

– Eu mesmo faço isso. Tiro minha antiga cabeça, coloco-a em uma mesa na minha frente, e uso o rosto como padrão para seguir. Às vezes alguns rostos que eu entalho ficam melhores do que outros, mais expressivos e agradáveis, você sabe, mas penso que na média são bons.

Antes de começar a viagem, Dorothy tinha enchido uma mochila com as coisas de que iria precisar, e essa mochila o Espantalho carregou cruzada nas costas. A menininha usava um vestido xadrez e um boné de sol quadriculado, pois sabia que eram mais apropriados para viajar. Ojo também tinha trazido sua cesta, onde Ozma tinha colocado uma garrafa de Tabletes de Refeições Completas e algumas frutas. Mas Jack Cabeça de Abóbora cultivava uma porção de coisas em seu jardim, além de abóboras, então cozinhou para eles uma boa sopa de legumes, e deu-a a Dorothy, a Ojo e a Totó, os únicos que tinham necessidade de comer, uma torta de abóbora e um pouco de queijo verde. Como cama, eles iam usar os montes de capim seco e macio que Jack tinha empilhado de um lado do quarto, o que agradou bastante a Dorothy e a Ojo. Totó, é claro, dormiria nos pés de sua dona.

O Espantalho, Aparas e Jack Cabeça de Abóbora não se cansavam e não tinham necessidade de dormir, então levantaram-se e conversaram a noite toda; mas ficaram fora da casa, sob o brilho das estrelas, e falaram em voz baixa para não perturbar os que dormiam. Durante a conversa, o Espantalho explicou que eles procuravam um poço escuro, e pediu orientação a Jack para encontrá-lo.

O Cabeça de Abóbora ficou pensando seriamente no assunto.

– Vai ser uma tarefa difícil – disse ele –, e se eu fosse você encontraria um poço qualquer e o cobriria, para que se tornasse escuro.

– Receio que não vai dar pra fazer isso – replicou o Espantalho. – O poço deve ser naturalmente escuro, e a água nunca deve ter ficado à luz do dia, de outro modo o encanto mágico pode não funcionar de jeito nenhum.

– Quanto de água vocês precisam – perguntou Jack.

– Um *gill*.

– Quanto é um *gill*?

– Ora... um *gill* é um *gill*, é claro – respondeu o Espantalho, que não queria mostrar sua ignorância.

– Eu sei! – gritou Aparas. "Jack e Jill subiram o morro para pegar..."

– Não, não; não é isso – interrompeu o Espantalho. – Existem dois tipos de *gill*, acho; um deles é um tipo de flor, o outro...

– Um tipo de cravo – disse Jack.

– Não; uma medida.

– Que tamanho de medida?

– Bem, vou perguntar para Dorothy.

Então, na manhã seguinte, perguntaram a Dorothy, e ela disse:

– Não sei exatamente quanto é um *gill*, mas trouxe um frasco de ouro em que cabe uma pinta. Uma pinta é bem mais do que um *gill*, tenho certeza, e o Mágico Torto pode medir tudo depois e usar a quantidade certa. Mas o que está preocupando a gente, Jack, é encontrar o poço.

Jack olhou para a paisagem em volta, pois estava de pé na soleira da porta de sua casa.

– Este país é plano, de modo que vocês não vão encontrar nenhum poço escuro por aqui – disse ele. – Vocês precisam ir para as montanhas, onde existem montanhas e cavernas.

– E onde existe isso? – perguntou Ojo.

– No País dos Quadlings, que fica ao sul do nosso país – replicou o Espantalho. – Eu sempre soube que precisaríamos ir para as montanhas.

– Eu também – disse Dorothy.

– Mas, cuidado, o País dos Quadlings é cheio de perigos – declarou Jack. – Eu mesmo nunca estive lá, mas...

– Eu já estive – disse o Espantalho. – Deparei com os terríveis cabeças de martelo, que não têm braços e chifram a gente como cabritos; e encarei as árvores lutadoras, que vergam seus galhos para espancar e açoitar as pessoas, e tive muitas outras aventuras por lá.

– É um país selvagem – observou Dorothy, séria –, e se formos lá certamente teremos problemas. Mas acho que devemos ir, se quisermos aquele *gill* de água de um poço escuro.

Então se despediram de Cabeça de Abóbora e retomaram a viagem, dirigindo-se agora diretamente para o País do Sul, onde havia muitas rochas e montanhas, florestas e cavernas. Essa parte da Terra de Oz, embora pertencesse a Ozma e devesse lealdade a ela, era tão selvagem e isolada que muitas pessoas estranhas se escondiam em suas selvas e viviam à sua própria maneira, sem nem ao menos saber que tinham uma soberana na Cidade das Esmeraldas. Deixadas à própria sorte, essas criaturas nunca causaram problemas para os habitantes do resto de Oz, mas aqueles que invadiram seus domínios depararam-se com muitos perigos da parte deles.

Era uma viagem de dois dias da casa de Jack Cabeça de Abóbora até o limite do País dos Quadlings, pois nem Dorothy nem Ojo podiam andar tão depressa, e frequentemente paravam ao lado da estrada para descansar. A primeira noite eles dormiram em uma grande campina, entre botões-de-manteiga e margaridas, e o Espantalho cobriu as crianças com um cobertor de gaze que levava em sua mochila, para que não pegassem a friagem do ar noturno. Ao entardecer do segundo dia, alcançaram uma planície de areia onde era difícil andar; mas a pouca distância dali viram um grupo de palmeiras, embaixo das quais havia curiosos pontos negros; então, com dificuldade, puseram-se corajosamente a caminho para alcançar o lugar ao entardecer e passar a noite abrigados sob as árvores.

Quanto mais avançavam, os pontos negros iam ficando maiores, e, embora a luz estivesse fraca, Dorothy achou que pareciam grandes chaleiras viradas ao contrário. Logo adiante desse lugar, um grande amontoado de rochas pontiagudas espalhavam-se até as montanhas, atrás delas.

Nossos viajantes preferiam tentar escalar as rochas à luz do dia, então se deram conta de que, como já escurecia, aquela seria sua última noite na planície.

O sol já se punha quando eles chegaram às árvores, sob as quais estavam os objetos negros e circulares que tinham notado à distância. Havia dúzias deles espalhados por ali, e Dorothy inclinou-se em direção a um, que era mais ou menos da sua altura, para examiná-lo mais de perto. Ao fazer isso, aquilo se abriu no alto, fazendo pular uma criatura escura, que foi crescendo no ar até seu tamanho natural e então caiu no chão bem do lado dela. Outro e mais outro pularam das casas redondas como chaleiras, e então, de todos os outros objetos negros, saíram pulando mais criaturas – como aqueles bonecos que pulam ao se abrir sua caixa –, até que perto de cem juntaram-se em volta do pequeno grupo de viajantes.

A essa altura, Dorothy acabou descobrindo que eles eram pessoas, pequenas e curiosas, mas ainda assim pessoas.

A pele deles era morena, e os cabelos, lisos e espetados como fios, eram vermelhos e brilhantes. Tinham o corpo pelado, a não ser pela pele presa na cintura, e usavam braceletes nos tornozelos e nos pulsos, lenço no pescoço, e grandes brincos pendentes.

Totó agachou-se diante de sua dona e ganiu, como se não gostasse nem um pouco das estranhas criaturas. Aparas começou a murmurar alguma coisa como *"hop, pop, jamp, damp!"*, mas ninguém prestava atenção nela. Ojo manteve-se perto do Espantalho, e o Espantalho manteve-se perto de Dorothy, mas a menininha virou-se para as estranhas criaturas e perguntou:

– Quem são vocês?

Eles responderam todos juntos à pergunta, em uma espécie de canto coral, com as seguintes palavras:

Nós somos os alegres tottenhots;
Não gostamos de ver o dia clarear,
Mas à noite é nosso prazer
Dar cambalhotas, pular e brincar.

Fugimos do sol, não gostamos, não;
A lua é bela e clara como deve ser.
Neste lugar todo tottenhot então
Espera ela chegar para aparecer.

Somos todos amantes da diversão
E da traquinagem também;
Mas se forem alegres e brincarem então,
Não vamos prejudicar ninguém.

– Prazer em conhecê-los, tottenhots – disse o Espantalho, solenemente. – Mas não devem esperar que a gente brinque com vocês a noite toda, porque viajamos durante o dia e alguns de nós estão cansados.

– E nunca damos cambalhota – acrescentou a Menina de Retalhos. – É contra a lei.

Essas observações foram saudadas com gritos e risadas daquelas pessoinhas travessas, e uma delas agarrou o braço do Espantalho e ficou surpresa ao descobrir que o homem de palha podia ser virado de um lado para o outro tão facilmente. Então, o Tottenhot ergueu o Espantalho alto no ar e o arremessou sobre a cabeça dos outros. Um deles o pegou e o arremessou de volta, e então, com gritos de alegria, continuaram arremessando o Espantalho para cá e para lá, como se ele fosse uma bola de basquete.

Logo outro traquinas agarrou Aparas e começou a arremessá-la de um lado para o outro, da mesma maneira. Eles a acharam um pouco mais pesada que o Espantalho, mas ainda assim leve o suficiente para ser lançada como se fosse uma almofada de sofá, e divertiam-se imensamente com esse esporte quando Dorothy, zangada e indignada com o tratamento que seus amigos estavam recebendo, começou a estapeá-los e empurrá-los, até que conseguiu resgatar o Espantalho e a Menina de Retalhos, e os manteve próximos dela, um de cada lado. Talvez ela não tivesse conseguido conquistar essa vitória tão facilmente se não fosse a ajuda de Totó, latindo e mordendo as pernas nuas daqueles pestinhas, até que se contentassem em fugir de seus ataques. Quanto a Ojo, algumas daquelas criaturas tentaram arremessá-lo também, mas descobriram que seu corpo era muito pesado para ser jogado no chão, e vários deles sentaram-se sobre o menino e o impediram de ajudar Dorothy em sua batalha.

As pequenas pessoinhas marrons ficaram surpresas por serem atacadas por uma menina e um cachorro, e um ou dois que tinham levado tapas mais fortes começaram a chorar. Então, de repente, deram um grito, todos juntos, e desapareceram imediatamente atrás das portas das casas, que se fecharam com uma série de estalos que parecia uma porção de bombinhas explodindo.

Os aventureiros então se viram sozinhos, e Dorothy perguntou ansiosamente:

– Alguém está ferido?

– Eu não – respondeu o Espantalho. – Eles deram uma boa chacoalhada na minha palha e tiraram todos os caroços que ela tinha formado. Agora estou em esplêndidas condições e me sinto realmente em dívida com os tottenhots por seu ótimo tratamento.

— Eu me sinto do mesmo jeito — disse Aparas. — Meu estofamento de algodão tinha se afundado bastante com a caminhada do dia e eles acabaram com tudo isso e me deixaram cheinha como uma salsicha. Mas a brincadeira estava ficando um pouco grosseira, e eu já estava ficando cansada quando você interferiu.

Nesse momento, o telhado da casinha em frente a eles se abriu e um tottenhot pôs a cabeça para fora, cuidadosamente, e olhou para os estranhos.

— Você não consegue aceitar uma piada? — disse ele, de maneira reprovadora. — Não tem nenhum senso de humor?

— Se eu tivesse essa qualidade — replicou o Espantalho —, seu povo teria arrancado isso de mim. Mas não guardo mágoa. Perdoo vocês.

— Eu também — acrescentou Aparas. — Isto é, se vocês souberem se comportar depois disso.

— Foi apenas um pouco de bagunça, só isso — disse o Tottenhot. — Mas a questão não é se nós vamos saber nos comportar, mas se vocês vão saber se comportar, hein? Não podemos calar a boca a noite toda, porque essa é a hora de nossa diversão; nem ficar preocupados em sair de casa e ser mordidos por um animal selvagem ou estapeados por uma menina raivosa. Os tapas doeram muito; alguns dos nossos estão chorando por causa disso. Então temos uma proposta: vocês nos deixam em paz, e nós deixamos vocês em paz.

— Vocês é que começaram — declarou Dorothy.

— Bem, e você acabou com tudo, então não vamos brigar por isso. Podemos sair de casa outra vez? Ou você ainda continua cruel e estapeando?

— Diga você o que devemos fazer — disse Dorothy. — Estamos todos cansados e queremos dormir até o amanhecer. Se nos deixarem entrar nas casas de vocês, e se pudermos ficar lá até o amanhecer, podem brincar aqui fora o quanto quiserem.

– É uma barganha! – gritou o Tottenhot ansiosamente, e emitiu um estranho assobio que fez todo o seu povo pular fora das casas. Quando a casa na frente deles ficou vazia, Dorothy e Ojo se inclinaram sobre o buraco e olharam, mas não puderam ver nada porque estava escuro. Mas se os tottenhots dormiam ali o dia todo, nossas crianças acharam que também poderiam dormir lá à noite; então Ojo abaixou-se e descobriu que não era muito profunda.

– Tem almofada macia por todo canto – disse ele. – Venham.

Dorothy pegou Totó nos braços e deu-o para o menino, e então inclinou-se. Depois dela veio Aparas e o Espantalho, que não queriam dormir, mas preferiam ficar fora do alcance dos travessos tottenhots.

Parecia não haver mobília alguma na casinha redonda, mas por todo o chão havia almofadas macias, e com elas eles fizeram camas confortáveis para dormir. Não fecharam a abertura no teto, deixando-a aberta para que entrasse ar. Por ali também entravam os gritos e risadas incessantes dos travessos tottenhots enquanto brincavam fora, mas Dorothy e Ojo, cansados que estavam da viagem, logo adormeceram.

Totó manteve um olho aberto, contudo, e rosnava baixo, ameaçando latir sempre que o barulho feito pelas criaturas lá fora se tornava muito forte. E o Espantalho e a Menina de Retalhos sentaram-se junto à parede e ficaram cochichando durante toda a noite. Ninguém perturbou os viajantes até o amanhecer, quando surgiu o Tottenhot dono da casa e os convidou a desocupar a locação.

O YUP CATIVO

Quando se preparavam para deixar o local, Dorothy perguntou:
– Pode nos dizer onde existe um poço escuro?
– Nunca ouvi falar em tal coisa – disse o Tottenhot. – Vivemos nossa vida no escuro, principalmente, e dormimos durante o dia; mas nunca vimos um poço escuro, ou alguma coisa parecida.
– Sabe se vive alguém nestas montanhas, mais para trás?
– Uma porção de gente. Mas é melhor não ir visitá-los. Nós nunca vamos lá – foi a resposta.
– Qual é a aparência dessa gente? – perguntou Dorothy.
– Não sei dizer, mas nos disseram para manter distância das trilhas das montanhas, então obedecemos. Este deserto de areia é bom o suficiente para nós, e aqui não somos perturbados – declarou o Tottenhot.

Assim, eles deixaram o homenzinho aninhar-se no fundo de sua casinha para dormir, e partiram sob o sol, tomando a trilha que levava até os lugares rochosos. Logo descobriram que era difícil de subir por ali, porque as rochas eram de tamanhos irregulares e pontiagudas nas bordas, e de repente não havia mais trilha alguma. Escalando aqui e ali entre as rochas, eles mantinham-se firmes, subindo gradualmente mais e mais alto, até finalmente chegarem a uma grande fenda em uma parte da montanha, onde a rocha parecia ter se partido em duas, deixando altas muralhas de rocha dos dois lados.

– Suponho que devemos ir por ali – sugeriu Dorothy –, é mais fácil caminhar do que escalar as montanhas.

– E o aviso? – perguntou Ojo.

– Que aviso? – inquiriu ela.

O menino munchkin apontou para algumas palavras pintadas na parede da rocha ao lado deles, que Dorothy não tinha notado. As palavras diziam:

CUIDADO COM O YUP

A menina olhou para o aviso por um momento e virou-se para o Espantalho, perguntando:

– Quem é Yup; ou o que é Yup?

O homem de palha sacudiu a cabeça. Então olhou para o Totó e o cão disse: "*Au!*".

– A única maneira de descobrir é ir em frente – disse Aparas.

Por ser verdade, seguiram em frente. Enquanto continuavam, as muralhas de rocha de cada lado ficavam cada vez mais altas. Finalmente chegaram diante de outro aviso, que dizia:

CUIDADO COM O YUP CATIVO

– Ora, vejam bem – observou Dorothy –, se o Yup está preso não é preciso tomar cuidado com ele. Seja lá o que for Yup, é melhor que ele esteja preso do que correndo perdido por aí.

– Também acho – concordou o Espantalho, com um aceno da cabeça pintada.

– Ainda assim – disse Aparas, pensativa:

Yup-te-hup-te-lup-te-gup!
Quem colocou água na sopa?
Devíamos ter medo, mas não ligamos,
E vamos em frente com medo do Yup.

– Puxa vida! Você não se acha um pouco estranha, agora? – perguntou Dorothy para a Menina de Retalhos.

– Não estranha, mas doida – disse Ojo. – Quando ela diz coisas assim, tenho certeza de que seu cérebro misturou alguma coisa e trabalhou de maneira errada.

– Não entendo por que nos dizem para ter cuidado com o Yup, a não ser que ele seja perigoso – observou o Espantalho em tom enigmático.

– Não importa; vamos descobrir tudo sobre ele quando chegarmos ao lugar onde ele está – replicou a menininha.

A estreita garganta serpenteava aqui e ali, e a fenda era tão estreita que eles eram capazes de tocar com as mãos nas duas paredes abrindo bem os braços. Totó tinha corrido na frente, brincando e pulando, quando de repente deu um latido agudo de medo e voltou correndo até eles com o rabinho entre as pernas, como fazem os cães quando estão amedrontados.

– Ah – disse o Espantalho, que liderava o grupo –, devemos estar perto do Yup.

Nesse exato momento, voltando-se um pouco, o homem de palha parou tão de repente que todos os outros quase bateram contra ele.

– O que é? – perguntou Dorothy, ficando nas pontas dos pés para olhar sobre o ombro dele. Mas então ela viu o que era e gritou "Oh!" em tom de espanto.

Em uma das paredes de rocha – à esquerda deles – ficava a entrada de uma grande caverna, em frente da qual havia uma fileira de grossas barras de ferro fincadas na rocha sólida. Sobre a caverna estava um grande aviso, que Dorothy leu com muita curiosidade, pronunciando alto as palavras para que todos ficassem sabendo o que diziam:

CAVERNA DO SENHOR YUP

O maior gigante indomável em cativeiro.
Altura: 7 metros (quase: faltam 60 centímetros)
Peso: 750 quilos (mas ele pesa o tempo todo)
Idade: 400 anos "e mais" (como nos anúncios das lojas)
Temperamento: feroz e furioso (a não ser quando dorme)
Apetite: voraz (prefere carne de gente e geleia de laranja)

OS ESTRANHOS QUE SE APROXIMAREM DESTA CAVERNA, FARÃO ISSO POR SUA CONTA E RISCO

P.S.: Não alimente o gigante por sua conta.

– Muito bem – disse Ojo – com um suspiro –, vamos voltar.
– É longo o caminho de volta – declarou Dorothy.
– É mesmo – observou o Espantalho –, e significa uma tediosa escalada de rochas pontiagudas a ponto de não podermos utilizar esta passagem. Penso que é melhor correr da caverna do gigante o mais rápido possível. O senhor Yup parece estar acordado agora.

De fato, o gigante não estava dormindo. De repente ele apareceu na frente de sua caverna, agarrou as barras de ferro com suas grandes mãos cabeludas e ficou sacudindo até chacoalhar toda grade. Yup era tão alto que nossos amigos tinham que inclinar a cabeça para trás para poder olhar seu rosto, e notaram que ele estava todo vestido de veludo cor-de-rosa, com botões e galões prateados. As botas do gigante eram de couro cor-de-rosa com franjas, e seu chapéu era adornado com uma enorme pena de avestruz cor-de-rosa, cuidadosamente encurvada.

– Oba! – disse ele com sua voz profunda, de timbre baixo –, sinto cheiro de jantar.

– Acho que está enganado – replicou o Espantalho. – Não temos geleia de laranja por aqui.

– Ah, mas eu como outras coisas – afirmou o senhor Yup. – Isto é, como essas coisas quando consigo pegá-las. Mas este é um lugar solitário, e há muitos anos não passa uma boa carne por aqui; então estou com fome.

– Não comeu nada esses anos todos? – perguntou Dorothy.

– Nada, a não ser formigas e um macaco. Pensei que o macaco tivesse gosto de carne de gente, mas o sabor é diferente. Espero que vocês tenham um gosto melhor, pois parecem fofos e tenros.

– Ah, eu não vou ser comida – disse Dorothy.

– Por que não?

– Vou me manter fora do seu caminho – respondeu ela.

– Que falta de coração! – lamentou o gigante, sacudindo as barras outra vez. – Imagine quantos anos faz desde que comi uma única garotinha fofa! Dizem que a carne está subindo, mas se eu souber pegar vocês, tenho certeza de que logo ela vai descer. E vou pegar vocês, se eu puder.

Com isso, o gigante enfiou seus braços enormes, que pareciam troncos de árvores (só que troncos de árvores não usam veludo rosa), entre as barras de ferro, e os braços eram tão compridos que tocavam a parede de rocha do outro lado da passagem. Então ele estendeu os braços tanto quanto pôde para alcançar nossos viajantes e descobriu que quase tocou o Espantalho... mas não chegou a tanto.

– Chegue um pouquinho mais perto, por favor – implorou o gigante.

– Sou um espantalho.

– Um espantalho? Uh! Não me agrada a palha de um espantalho. Quem é essa delicadeza de cores brilhantes atrás de você?

– Eu? – perguntou Aparas. – Sou uma menina de retalhos, e sou estofada com algodão.

– Minha nossa – murmurou o gigante, em tom desapontado –, isso reduz meu jantar de quatro para dois e um cachorro. Posso deixar o cão para a sobremesa.

Totó latiu, mantendo uma boa distância.

– Para trás – disse o Espantalho para os que estavam atrás dele. – Vamos voltar para trás um pouco e conversar sobre isso.

Então eles voltaram um pouco pela curva da passagem, onde ficavam fora da vista da caverna e o senhor Yup não podia ouvi-los.

– Minha ideia – começou o Espantalho quando eles pararam – é dar uma corrida para passar a caverna, e continuar correndo.

– Ele iria nos agarrar – disse Dorothy.

– Bem, ele só pode agarrar um de cada vez, e eu vou à frente. Assim que ele me agarrar, o resto de vocês pode passar rapidamente por ele, fora de seu alcance, e logo ele vai me deixar ir porque não sou feito de carne.

Decidiram tentar esse plano, e Dorothy pegou Totó nos braços, para protegê-lo. Ficou bem atrás do Espantalho. Então veio Ojo, com Aparas por último. O coração deles disparou quando se aproximaram de novo da caverna do gigante, dessa vez se movimentando bem mais depressa.

Saiu do jeito que o Espantalho tinha planejado. O senhor Yup ficou muito surpreso ao ver todos eles virem voando até ele, e enfiando os braços entre as barras alcançou o Espantalho com um forte agarrão. No instante seguinte percebeu, pela maneira como a palha amassava entre seus dedos, que tinha capturado o único homem não comestível, mas a essa altura Dorothy e Ojo já tinham escapado do gigante e estavam fora de seu alcance. Com um urro de raiva o monstro lançou o Espantalho para longe com uma mão e agarrou Aparas com a outra.

O pobre Espantalho foi lançado, girando pelo ar, com uma mira tão boa que bateu nas costas de Ojo e jogou o menino de cabeça para baixo, e fez Dorothy tropeçar e também ficar estatelada no chão. Totó voou para longe dos braços da menina e pousou a alguma distância à frente, e todos eles ficaram tão atordoados que levaram algum tempo para poder colocar-se de pé novamente. Quando conseguiram, voltaram a olhar para a caverna do gigante, e nesse momento o feroz senhor Yup jogou em cima deles a Menina de Retalhos.

Os três começaram a descer novamente a montanha, apoiando-se uns nos outros, com Aparas no alto. O gigante urrou tão terrivelmente que, por algum tempo, temeram que tivesse conseguido se soltar, mas não conseguira. Então sentaram-se na estrada e olharam um para o outro de maneira um tanto desnorteada, e começaram a sentir-se aliviados e contentes.

– Conseguimos! – exclamou o Espantalho, com satisfação. – E agora estamos livres para seguirmos nosso caminho.

– O senhor Yup é muito mal-educado – declarou Aparas. – Ele me abalou terrivelmente, pois do contrário esse tratamento grotesco poderia ter rasgado minhas costas.

– Permita que eu me desculpe pelo gigante – disse o Espantalho, pondo a Menina de Retalhos de pé e ajeitando a saia dela com suas mãos estofadas. – O senhor Yup é um perfeito estranho para mim, mas receio, pelas maneiras rudes como agiu, que ele não seja um cavalheiro.

Dorothy e Ojo riram diante dessa declaração, e Totó latiu como se tivesse entendido a piada, depois do que se sentiram melhor e retomaram a viagem com o ânimo mais elevado.

– É claro – disse a menininha, quando já estavam bem longe da passagem –, a nossa sorte é que o gigante estava preso; porque, se ele estivesse solto, ah, ah...

– Talvez, nesse caso, ele não estivesse mais com fome – disse Ojo com seriedade.

HIP SALTADOR, O CAMPEÃO

Eles devem ter tido muita coragem para escalar todas aquelas rochas, porque depois de terem saído encontraram mais colinas rochosas para escalar. Totó podia pular de uma rocha para outra facilmente, mas os outros tinham de andar cuidadosamente e escalar, de modo que após um dia inteiro de tanto trabalho, Dorothy e Ojo sentiram-se muito cansados.

Enquanto eles admiravam o grande maciço de rochas tombadas que cobria a íngreme inclinação, Dorothy disse com um pequeno gemido:

– Vai ser uma subida terrivelmente dura, Espantalho. Gostaria que não tivéssemos tanto trabalho para encontrar o poço escuro.

– Tenho uma ideia – disse Ojo: – por que vocês não esperam aqui enquanto eu subo, uma vez que é por minha causa que estamos procurando o poço escuro. Então, se eu encontrar alguma coisa, volto aqui e encontro vocês.

– Não – replicou a menininha, balançando a cabeça –, vamos todos juntos, porque assim podemos ajudar um ao outro. Se você for sozinho, alguma coisa pode acontecer a você, Ojo.

Assim, começaram a subir e acharam a escalada bastante difícil, no início. Mas agora, engatinhando por cima dos penhascos, encontraram uma trilha que serpenteava por entre os maciços rochosos e era bastante suave para os pés e fácil de seguir andando. Como a trilha ia subindo gradualmente a montanha, embora de maneira sinuosa, decidiram caminhar por ela.

– Esta deve ser a estrada do País dos Saltadores – disse o Espantalho.
– Quem são os saltadores? – perguntou Dorothy.
– Um povo de quem Jack Cabeça de Abóbora me falou – replicou ele.
– Eu não o escutei falar disso – retornou a menina.
– Não; você estava dormindo – explicou o Espantalho. – Mas ele contou para mim e Aparas que os chifrudos vivem nesta montanha.
– Ele disse dentro da montanha – declarou Aparas –, mas é claro que ele quis dizer em cima dela.
– Ele não disse qual a aparência dos saltadores e dos chifrudos?
– Não; disse apenas que são duas nações separadas, e que a dos chifrudos era a mais importante.
– Esta montanha fica na Terra de Oz? – perguntou Aparas.
– Claro que sim – disse Dorothy. – Fica no País dos Quadlings, no sul. Quando a gente chega aos limites de Oz, em qualquer direção, não existe nada mais para ver. Antes só se viam desertos de areia em toda a volta de Oz; mas agora é diferente, e nenhum dos outros povos pode nos ver, assim como nós não podemos vê-los.
– Se a montanha está sob o governo de Ozma, por que ela não sabe nada dos saltadores e dos chifrudos? – perguntou Ojo.
– Porque é uma terra encantada – explicou Dorothy –, e muitos povos estranhos vivem em lugares tão escondidos que as pessoas que moram na Cidade das Esmeraldas nunca ouviram falar deles. No meio do país é diferente, mas, quando a gente vai até os limites, pode ter

certeza de que vai percorrer cantinhos estranhos que vão surpreender. Sei disso porque já viajei muito por Oz, assim como o Espantalho.

– Sim – admitiu o homem de palha –, tenho sido um grande viajante por toda a minha vida, e gosto de explorar lugares estranhos. Descobri que aprendo muito mais viajando do que ficando em casa.

Durante essa conversa, eles continuaram caminhando pela íngreme trilha, e agora encontravam-se bem no alto da montanha. Não conseguiam ver nada em volta, porque as rochas que ladeavam a trilha eram mais altas do que eles. Nem conseguiam ver nada à frente, porque a trilha era muito sinuosa. Mas de repente pararam, porque a trilha acabava e não havia nenhum lugar para onde ir. À frente havia uma grande rocha apoiada contra o lado da montanha, e bloqueava completamente o caminho.

– Não existe trilha, porém, que não leve a algum lugar – disse o Espantalho, franzindo a testa enquanto pensava profundamente.

– Isto aqui é algum lugar, não? – perguntou a Menina de Retalhos, rindo diante do olhar desorientado dos outros.

A trilha está fechada, a estrada impedida,
Ainda que sem querer, seguimos como um rebanho;
E agora que aqui estamos, é tudo bem estranho
Não há uma porta para a gente dar uma batida.

– Por favor, não, Aparas – disse Ojo. – Você me deixa nervoso.

– Bem – disse Dorothy –, seria bom descansar um pouco, pois subir esta trilha foi terrível.

Enquanto falava, inclinou-se para a borda de uma grande rocha que ficava no caminho. Para sua surpresa, a rocha fazia pequenas curvas, deixando ver atrás dela um buraco escuro que parecia a boca de um túnel.

– Ora, aqui está o ponto onde a trilha vai dar! – exclamou ela.

– É mesmo – respondeu o Espantalho. – Mas a questão é: será que nós queremos ir para onde vai a trilha?

– É um lugar subterrâneo; bem dentro da montanha – disse Ojo, espiando dentro do buraco escuro. – Talvez exista um poço aí; e se houver, com certeza é um poço escuro.

– Ora, é a mais pura verdade! – gritou Dorothy com ansiedade. – Vamos descer, Espantalho; porque, se outros já desceram, seguramente podemos ir também.

Totó olhou lá dentro e latiu, mas não se aventurou a entrar até que o Espantalho tivesse corajosamente ido antes. Aparas seguiu o Espantalho bem de perto, e então Ojo e Dorothy timidamente desceram para dentro do túnel. Assim que todos passaram pela pedra grande, lentamente ela se fechou de novo, mas agora eles não estavam mais no escuro, pois uma suave luz rosada permitia a eles enxergar distintamente onde estavam.

Era apenas uma passagem, embora larga o suficiente para dois ou três deles andarem lado a lado – com Totó no meio deles – e seu teto era alto e arqueado. Eles não conseguiam ver de onde vinha a luz que iluminava o lugar, porque não havia aberturas visíveis. A passagem era reta no início e depois fazia uma curva para a direita e outra bem fechada para a esquerda, depois da qual ficava reta novamente. Mas não havia passagens laterais, de modo que eles não podiam se perder.

Após percorrerem certa distância, Totó, que tinha ido à frente, começou a latir alto. Eles fizeram uma curva e foram ver qual era o problema, e encontraram um homem sentado no chão da passagem, com as costas inclinadas contra a parede. Provavelmente ele estivesse dormindo, até o momento que Totó latiu para ele, porque agora estava esfregando os olhos e olhando para o cãozinho com toda a sua força.

Havia alguma coisa com esse homem que Totó não tinha gostado, e quando se levantou, eles viram o que era. Ele tinha apenas uma perna, que saía do meio de seu corpo redondo e gordo; mas era uma perna bem forte e tinha um grande pé chato embaixo, em cima do qual o homem parecia ficar muito bem de pé. Ele sempre tivera apenas uma perna, que parecia ser um pedestal, mas quando Totó correu até o homem e deu uma mordida em seu tornozelo, ele pulou com força para um lado e para o outro, parecendo tão amedrontado que Aparas deu altas risadas.

Totó normalmente era um cachorro bem comportado, mas dessa vez estava bravo e não parava de tentar morder a perna do homem. Isso encheu de medo o pobre camarada, que, pulando para ficar fora do alcance de Totó, de repente perdeu o equilíbrio e caiu de cabeça do chão. Quando se levantou, chutou Totó no focinho, fazendo o cãozinho uivar raivosamente, mas Dorothy correu até lá e colocou a coleira em Totó, puxando-o para trás.

– Você se rende? – perguntou ela ao homem.

– Quem? Eu? – perguntou o Saltador.

– Sim; você – disse a menininha.

– Fui capturado? – perguntou ele.

– É claro. Meu cão capturou você – disse ela.

– Bem – replicou o homem –, se fui capturado, preciso me render, pois é o mais apropriado a fazer. Gosto de fazer tudo de maneira apropriada, porque isso poupa a gente de uma porção de problemas.

– Tem razão – disse Dorothy. – Por favor, conte para a gente quem é você.

– Sou o Hip Saltador... Hip Saltador, o Campeão.

– Campeão de quê? – perguntou ela, surpresa.

– Campeão de luta. Sou muito forte, e esse animal feroz que você carinhosamente segura é a primeira coisa viva que já me conquistou.

– E você é um saltador? – continuou ela.

– Sim. Meu povo vive em uma grande cidade não longe daqui. Vocês gostariam de visitá-la?

– Não tenho certeza – disse ela com hesitação. – Vocês têm algum poço escuro em sua cidade?

– Acho que não. Temos poços, sabe, mas são todos iluminados, e um poço bem iluminado não pode ser um poço escuro. Mas pode haver alguma coisa como um verdadeiro poço escuro no País dos Chifrudos, que é um ponto negro na face da terra.

– Onde fica o País dos Chifrudos? – perguntou Ojo.

– Do outro lado da montanha. Existe uma cerca entre o País dos Saltadores e o País dos Chifrudos, e um portão na cerca; mas não se pode passar por ele agora porque estamos em guerra com os chifrudos.

– Isso é muito ruim – disse o Espantalho. – Qual é o problema entre vocês?

– Ora, um deles fez afirmações insultuosas sobre meu povo. Disse que nos falta entendimento porque somos pessoas de uma perna só. Não vejo por que as pernas têm alguma coisa a ver com o entendimento das coisas. Os chifrudos têm duas pernas cada um, assim como vocês. Vocês têm uma perna a mais, é o que me parece.

– Não – declarou Dorothy –, é exatamente o número certo.

– Vocês não precisam delas – argumentou o Saltador obstinadamente. – Vocês têm apenas uma cabeça e um corpo, e um nariz e uma boca. Duas pernas é algo desnecessário, e elas estragam a forma.

– Mas como você anda, com apenas uma perna? – perguntou Ojo.

– Andar! Quem é que quer andar? – exclamou o homem. – Andar é uma maneira terrivelmente incômoda de viajar. Eu pulo, e assim faz meu povo. É muito mais gracioso e agradável do que andar.

– Não concordo com você – disse o Espantalho. – Mas me diga uma coisa: existe alguma maneira de chegar ao País dos Chifrudos sem passar pela cidade dos saltadores?

– Sim; existe outra trilha a partir das planícies, ao lado da montanha, que leva diretamente à entrada do País dos Chifrudos. Mas é um longo caminho até lá, de modo que é melhor vocês irem comigo. Talvez eles permitam que vocês passem pelo portão; mas esperamos conquistá-los esta tarde, se tivermos tempo, e então vocês poderão ir e vir, como quiserem.

Eles acharam melhor seguir o conselho do Saltador, e pediram a ele que fosse à frente. Ele fez isso com uma série de pulos, e se movia tão rapidamente à sua estranha maneira que os que tinham duas pernas precisaram correr para poder acompanhá-lo.

OS CHIFRUDOS BRINCALHÕES

Pouco depois que eles deixaram a passagem, chegaram a uma caverna enorme, e era tão alta que devia alcançar quase o pico da montanha em que ela se encontrava. Era uma caverna magnífica, iluminada por uma luz suave e invisível, de modo que tudo nela podia ser visto nitidamente. Suas paredes eram de mármore polido, branco, entremeado por veios de cores delicadas, e seu teto era uma bela cúpula arqueada, fantástica.

Sob essa vasta cúpula tinha sido construída uma bela cidade, não muito grande, porque parecia reunir não mais de cinquenta casas, com moradias de mármore, artisticamente projetadas. Dentro da caverna não cresciam nem árvores, nem grama, nem flores, de modo que os quintais em volta das casas entalhadas no mármore eram ao mesmo tempo suaves e despojados, cercados por muros baixos, para delimitar uma casa da outra.

Nas ruas e nos quintais das casas havia muitas pessoas, todas com apenas uma perna abaixo do corpo, e todas pulando daqui para lá por onde quer que se movimentassem. Mesmo as crianças andavam firmes com sua única perna e não perdiam o equilíbrio.

– Salve, Campeão! – gritou um homem no primeiro grupo de Saltadores que eles encontraram. – Quem você capturou?

– Ninguém – replicou o Campeão com uma voz triste –, esses estranhos é que me capturaram.

– Então – disse um outro –, nós vamos resgatar você e capturar esses estranhos, pois somos muitos.

– Não – respondeu o Campeão –, não posso permitir isso. Eu me rendi, e não é educado capturar aqueles a quem a gente se rendeu.

– Não tem importância – disse Dorothy. – Vamos devolver sua liberdade, deixar você livre.

– Verdade? – perguntou o Campeão em tom alegre.

– Sim – disse a menininha –, seu povo deve precisar de você para ajudá-los a conquistar os chifrudos.

Todos os Saltadores pareciam abatidos e tristes. Vários outros acabaram juntando-se ao grupo nesse momento, e uma multidão de curiosos, homens, mulheres e crianças, acabaram cercando os estranhos.

– Esta guerra com nossos vizinhos é uma coisa terrível – observou uma mulher. – Alguém com certeza vai se machucar.

– Por que diz isso, senhora? – perguntou o Espantalho.

– Porque os chifres de nossos inimigos são pontudos, e em uma batalha eles vão tentar espetar esses chifres em nossos guerreiros – replicou ela.

– Quantos chifres têm os chifrudos? – perguntou Dorothy.

– Cada um tem um chifre no meio da testa – foi a resposta.

– Ah, são unicórnios – declarou o Espantalho.

– Não; são chifrudos. Nós nunca iríamos para a guerra com eles se pudéssemos evitar, isso em razão dos perigosos chifres deles; mas esse insulto foi tão grande e tão provocativo, que nossos corajosos homens decidiram lutar, a fim de serem vingados – disse a mulher.

– Com que armas vocês lutam? – perguntou o Espantalho.

– Não temos armas – explicou o Campeão. – A qualquer hora que lutemos com os chifrudos, nosso plano é empurrá-los para trás, pois nossas armas são mais longas que as deles.

– Então vocês estão mais bem armados – disse Aparas.

– Sim; mas eles têm esses chifres terríveis, e a menos que nós sejamos cuidadosos, eles vão nos furar com a ponta dos chifres – retornou o Campeão, com um tremor. – Isso torna a guerra com eles mais perigosa, e uma guerra perigosa não pode ser agradável.

– Vejo claramente – observou o Espantalho – que vocês vão ter problemas para conquistar esses chifrudos... a não ser que nós ajudemos vocês.

– Ah! – exclamaram os saltadores em coro. – Vocês podem nos ajudar? Por favor, façam isso! Ficaremos muito agradecidos! Vai nos deixar muito contentes! – e com essa reação o Espantalho percebeu que tinha um favor a cumprir.

– A que distância fica o País dos Chifrudos? – perguntou ele.

– Ora, é logo do outro lado da cerca – responderam eles, e o Campeão acrescentou:

– Venham comigo, por favor, e vou lhes mostrar os chifrudos.

Então eles seguiram o Campeão e diversos outros pelas ruas, e bem ao lado da cidade eles chegaram a uma cerca muito alta, toda feita de mármore, que parecia dividir a grande caverna em duas partes iguais.

Mas a parte habitada pelos chifrudos não tinha de maneira alguma a bela aparência da dos saltadores. Em vez de serem feitos de mármore, as paredes e o teto eram de pedra cinza e opaca, e as casas, quadradas, eram todas feitas do mesmo material. Mas em extensão a cidade era muito maior do que a dos saltadores, e as ruas eram aglomeradas de numerosas pessoas que se ocupavam de várias maneiras.

Olhando através das estacas da cerca, nossos amigos observavam os chifrudos, que não sabiam que estavam sendo observados por estranhos, e acharam que eles tinham uma aparência bastante incomum. Eram pessoas pequenas, tinham o corpo redondo como uma bola e pernas e braços curtos. A cabeça deles era redonda também, tinham orelhas longas e pontudas, e um chifre bem no meio da testa. Os chifres não pareciam nada terríveis, pois não tinham mais do que quinze centímetros de comprimento; mas eram de um branco marfim e pontiagudos, e não admira que os saltadores tivessem medo deles.

A pele dos chifrudos era morena clara, e eles usavam túnicas brancas como a neve e andavam descalços. Dorothy pensou que a coisa mais marcante neles era o cabelo, que crescia em três cores diferentes na cabeça de todos – vermelho, amarelo e verde. O vermelho crescia atrás e em volta da cabeça, e às vezes caía sobre os olhos; então vinha um amplo círculo amarelo, e a cor verde crescia no centro e no alto da cabeça, como uma escova.

Nenhum dos chifrudos ainda estava ciente da presença de estranhos, que ficaram por um tempo observando aquele pequeno povo moreno claro e depois foram até o grande portão da cerca divisória. Estava trancado dos dois lados, e sobre a tranca estava um aviso que dizia:

A GUERRA ESTÁ DECLARADA

– Não podemos passar? – perguntou Dorothy.

– Agora não – respondeu o Campeão.

– Acho – disse o Espantalho – que, se eu pudesse falar com um desses chifrudos, eles poderiam se desculpar com vocês, e então não seria necessário lutar.

– Você consegue falar deste lado? – perguntou o Campeão.

– Não tão bem – replicou o Espantalho. – Você não acha que poderia me lançar por cima da cerca? É alta, mas sou muito leve.

– Podemos tentar – disse o Saltador. – Sou talvez o homem mais forte do meu país, então vou me encarregar do seu lançamento. Mas não posso prometer que você vá cair de pé.

– Não se preocupe com isso – retornou o Espantalho. – Apenas me lance sobre a cerca e ficarei satisfeito.

Assim, o Campeão pegou o Espantalho e balançou-o por um momento, para avaliar quanto ele pesava, e então, com toda a força, lançou-o alto pelo ar.

Talvez, se o Espantalho fosse um pouquinho só mais pesado, tivesse sido mais fácil de lançar e alcançado uma distância maior; mas, leve como era, em vez de ir parar à frente da cerca, ele aterrou bem em cima do alto da cerca, e uma das pontudas estacas pegou-o no meio das costas e o manteve preso ali. Se tivesse ficado virado para baixo, o Espantalho poderia tentar se soltar, mas, como caiu de costas na estaca, suas mãos se mexiam no ar do País dos Chifrudos, enquanto seus pés chutavam o ar do País dos Saltadores; e ali ele continuava.

– Você se feriu? – perguntou a Menina de Retalhos ansiosamente.

– É claro que não – disse Dorothy. – Mas se ele ficar se agitando assim pode rasgar suas roupas. Como podemos fazê-lo descer, senhor Campeão?

– Não sei – confessou ele. – Se ele pudesse assustar os chifrudos assim como assusta os corvos, seria uma boa ideia deixá-lo um pouco lá.

– É terrível – disse Ojo, quase a ponto de chorar. – Imagino que é porque sou Ojo, o Azarado, que todo mundo que tenta me ajudar acaba com problemas.

– Você tem sorte por ter alguém que o ajude – declarou Dorothy. – Mas não se preocupe. Vamos resgatar o Espantalho de algum modo.

– Eu sei como – anunciou Aparas. – Olhe aqui, senhor Campeão; basta me arremessar até onde está o Espantalho. Sou mais ou menos tão leve quanto ele, e quando eu estiver no alto da cerca empurro nosso amigo para fora da estaca e jogo-o aqui embaixo.

– Está bem – disse o Campeão; então pegou a Menina de Retalhos e lançou-a da mesma maneira que tinha feito com o Espantalho. Mas deve ter usado mais força dessa vez, pois Apara voou para mais longe do alto da cerca e, além de não ter sido capaz de soltar o Espantalho, caiu no chão, no País dos Chifrudos, onde seu corpo estofado bateu em cima de dois homens e em uma mulher, e fez a multidão que estava reunida ali correr como um bando de coelhos para longe dela.

Vendo, no momento seguinte, que ela não se machucara, as pessoas lentamente retornaram e se reuniram em volta da Menina de Retalhos, olhando-a com assombro. Um deles usava uma estrela de pedras preciosas no cabelo, bem acima de seu chifre, e parecia uma pessoa de importância. Falou pelo restante do povo, que o tratava com grande respeito.

– Quem é você, Ser Desconhecido? – perguntou ele.

– Aparas – disse ela, ficando de pé e alisando o algodão de seu estofamento onde tinha ficado embolado.

– E de onde você veio? – continuou ele.

– Por cima da cerca. Não seja tolo. Não existe outro lugar por onde eu pudesse ter vindo – replicou ela.

Ele olhou para ela pensativamente.

– Você não é uma Saltadora – disse ele –, porque tem duas pernas. Elas não são muito bem feitas, mas são duas. E aquela estranha criatura no alto da cerca – por que ele não para de chutar? – deve ser seu irmão, ou pai, ou filho, porque também tem duas pernas.

– Você deve ter visitado o Burro Sábio – disse Aparas, rindo tão alegremente que a multidão riu com ela, por simpatia. – Mas isso me lembra, capitão... ou rei...

– Sou o Chefe dos chifrudos, e meu nome é Jack.

– Claro; Pequeno Jack Chifrudo; eu devia saber. Mas a razão pela qual eu voei sobre a cerca era para poder ter uma conversa com você sobre os chifrudos.

– Conversar o que sobre os chifrudos? – perguntou o Chefe, franzindo a testa.

– Você os insultou, e deveria pedir perdão – disse Aparas. – Se não pedir, eles provavelmente vão pular aqui e conquistar vocês.

– Nós não temos medo – enquanto o portão estiver trancado – declarou o Chefe. – E nós não insultamos nada. Um de nós fez uma brincadeira que os estúpidos saltadores não entenderam.

O Chefe sorriu enquanto disse isso, e o sorriso fez seu rosto parecer bem contente.

– Qual foi a brincadeira? – perguntou Aparas.

– Um chifrudo disse que eles têm menos entendimento do que nós porque têm apenas uma perna. Ah, ah! Você está sacando, não? Se você entende e tem duas pernas e suas pernas estão sob você, então... ah, ah, ah... você subentende. Ih, ih, ih! Ah, ah, ah! Mas é uma boa piada. E os tolos dos saltadores não sacaram! Eles não sacaram que com uma perna só eles devem ter menos entendimento do que nós com duas pernas, porque subentendem pela metade. Ah, ah, ah! Ih, Ih! Oh, oh! – o Chefe enxugou as lágrimas de riso com a borda de sua túnica branca, e todos os chifrudos enxugaram as próprias lágrimas nas túnicas, pois tinham rido tanto quanto o Chefe da absurda piada.

– Então – disse Aparas –, o entendimento deles do subentendimento que você quis dizer levou ao desentendimento.

– Exatamente; e então não temos necessidade de pedir desculpas – retornou o Chefe.

– Talvez não têm necessidade de desculpas, mas muita necessidade de explicação – disse Aparas decididamente. – Você não quer a guerra, quer?

– Não, se pudermos evitar – admitiu Jack Chifrudo. – A questão é: quem vai explicar a piada para os saltadores? Você sabe que o que estraga qualquer piada é a necessidade de explicar, e esta é a melhor piada que já ouvi.

– Quem fez a piada? – perguntou Aparas.

– Diksey Chifrudo. Ele está trabalhando nas minas neste momento, mas deve voltar daqui a pouco. O que você acha de esperar e falar disso com ele? Talvez ele queira explicar essa piada para os Saltadores.

– Está bem – disse Aparas. – Vou esperar, se o tempo de espera não for muito grande.

– Não, ele é pequeno; é menor até do que eu. Ah, ah, ah! Diga aí! Esta piada é ainda melhor que a de Diksey. O tempo não vai ser grande porque ele é pequeno. Ih, ih, ih!

Os outros chifrudos que estavam por ali choraram de rir e pareciam gostar das piadas do Chefe tanto quanto ele mesmo. Aparas achou estranho que eles pudessem se divertir tão facilmente, mas se deu conta de que devia existir menos sofrimento em um povo que ria de maneira tão fácil.

A PAZ É DECLARADA

– Venha comigo à minha casa e vou apresentar você às minhas filhas – disse o Chefe. – Estamos educando nossas filhas de acordo com um livro de normas escrito por um de nossos principais educadores, e todos dizem que elas são meninas notáveis.

Assim, Aparas acompanhou o Chefe pela rua até uma casa que por fora parecia bastante encardida e desbotada. As ruas dessa cidade não eram pavimentadas, nem se fazia nenhuma tentativa de embelezar as casas ou suas redondezas, e Aparas estava espantada ao notar isso, quando o Chefe a conduziu para dentro da casa dele.

Lá dentro, realmente, nada era encardido nem desbotado. Ao contrário, a sala era de uma beleza e um brilho deslumbrantes, pois era toda revestida de um belo metal que parecia prata fosca, translúcida. A superfície desse metal era toda ornamentada com desenhos em relevo que representavam homens, animais, flores e árvores, e o próprio metal irradiava uma luz suave que inundava a sala. Toda a mobília era feita do mesmo lindo metal, e Aparas perguntou o que era.

– É rádio – respondeu o Chefe. – Nós, os chifrudos, despendemos todo o nosso tempo cavando o metal rádio das minas debaixo desta montanha, e o utilizamos para decorar nossas casas e deixá-las bonitas e aconchegantes. E é um medicamento também, e ninguém nunca fica doente quando vive perto do metal rádio.

– Vocês têm bastante desse metal? – perguntou a Menina de Retalhos.

– Mais do que conseguimos utilizar. Todas as casas nesta cidade são ornamentadas com ele, assim como a minha.

– Por que vocês não utilizam o rádio em suas ruas, então, e na parte externa de suas casas, para deixá-las tão bonitas como o seu interior? – perguntou ela.

– Do lado de fora? Quem se importa com o lado de fora de qualquer coisa? – perguntou o Chefe. – Nós, os chifrudos, não vivemos do lado de fora de nossas casas; vivemos dentro delas. Muitas pessoas são como esses tolos saltadores, que adoram exibir o lado de fora. Imagino que vocês, estrangeiros, devem achar a cidade deles mais bonita que a nossa, porque vocês julgam pelas aparências, e eles têm casas e ruas feitas de belos mármores; mas se vocês entrarem em uma de suas moradias, verão que elas são despojadas e desconfortáveis, pois tudo o que eles exibem é o lado de fora. Eles seguem a ideia de que o que não é visto pelos outros não é importante, mas para nós os cômodos onde vivemos são o nosso principal prazer e merecem nosso cuidado, e não damos atenção ao lado de fora.

– Parece-me – disse Aparas pensativa – que é melhor deixar tudo bonito do lado de dentro e do lado de fora.

– Parece? Ora, você parece toda costurada, menina – disse o Chefe, e então riu bastante de sua última piada, e um coro de pequenas vozes ecoou: "Ti-ih-ih! Ah, ah!".

Aparas virou-se e encontrou uma série de meninas sentadas em cadeiras de rádio enfileiradas ao longo de uma das paredes da sala. Havia dezenove meninas, efetivamente, e eram de todos os tamanhos, desde uma criança pequena até uma mulher quase adulta. Todas estavam metodicamente vestidas de túnicas brancas impecáveis e tinham a pele morena, chifres na testa e cabelos de três cores.

– Estas – disse o Chefe – são minhas doces filhas. Queridas, apresento a vocês a senhorita Aparas de Retalhos, uma mocinha que está viajando por lugares estranhos para incrementar seu nível de sabedoria.

As dezenove meninas levantaram-se todas e fizeram uma educada mesura, depois do que voltaram a sentar-se e ajeitaram apropriadamente suas túnicas.

– Por que vocês sentam-se tão imóveis e enfileiradas? – perguntou Aparas.

– Porque é feminino e adequado – replicou o Chefe.

– Mas algumas são simples crianças, pobrezinhas! Elas não podem correr por aí, brincar e rir, e divertir-se um pouco?

– Realmente, não – disse o Chefe. – Seria impróprio para mocinhas, assim como para aquelas que mais tarde se tornarão mocinhas. Minhas filhas estão sendo educadas de acordo com as normas e regulamentos estabelecidos por nosso principal educador, que dedicou muito estudo a esse assunto e é ele mesmo um homem culto e educado. A polidez é seu grande passatempo, e ele afirma que se permitem a uma criança ter comportamentos mal-educados, não se pode esperar que, quando adulta, ela aja de maneira melhor.

– Por acaso é falta de educação ou grosseria brincar e gritar, e ser alegre? – perguntou Aparas.

– Bem, às vezes é, e às vezes não – replicou o Chifrudo, depois de refletir sobre a questão. – Limitando essas inclinações em minhas filhas, nós as mantemos no caminho seguro. De vez em quando faço uma boa piada, como você já ouviu, e então permito que minhas filhas riam educadamente; mas elas nunca têm permissão de fazer piadas.

– Esse velho educador que fez as regras devia ser esfolado vivo! – declarou Aparas, e teria dito mais sobre o assunto se a porta não tivesse sido aberta para admitir a entrada de um pequeno chifrudo, a quem o Chefe apresentou como Diksey.

– O que é, Chefe? – perguntou Diksey, piscando dezenove vezes para as dezenove meninas, que baixaram os olhos recatadamente porque o pai delas estava olhando.

O Chefe contou ao homem que sua piada não tinha sido entendida pelos enfadonhos Saltadores, que haviam ficado tão enfurecidos que tinham declarado guerra. Então, a única maneira de evitar uma terrível batalha era explicar a piada de modo que eles pudessem entendê-la.

– Está bem – replicou Diksey, que parecia um homem amigável. – Vou já até a cerca explicar a piada. Não quero nenhuma guerra com os saltadores, porque as guerras entre as nações sempre causam ressentimentos.

Então, o Chefe, Diksey e Aparas deixaram a casa e voltaram até a cerca de estacas de mármore. O Espantalho ainda estava fincado no alto de uma estaca, mas agora parara de se agitar. Do outro lado da cerca estavam Dorothy e Ojo, olhando por entre as estacas; e lá também estava o Campeão, e muitos outros Saltadores.

Diksey aproximou-se da cerca e disse:

– Meus caros saltadores, desejo explicar que aquilo que eu disse sobre vocês foi uma piada. Vocês só têm uma perna cada, e nós temos duas. Nossas pernas ficam debaixo de nós, seja uma ou sejam duas, e entendemos tudo normalmente. Por isso, quando eu disse que vocês tinham menos entendimento do que nós, eu não quis dizer que vocês entendiam menos, vocês entendem, mas que vocês tinham menos "subentendimento", pois sob vocês existe apenas uma perna, e não duas, como nós, que temos o dobro, por assim dizer. Entenderam?

Os Saltadores pensaram bem no assunto. Então um deles disse:

– Está claro o suficiente; mas onde é que está a piada?

Dorothy riu, porque não pôde evitar, embora todos os outros estivessem com ar solene.

– Eu vou lhes dizer onde está a piada – disse ela, e levou os saltadores para um lugar mais distante dos chifrudos, para que estes não pudessem ouvir. – Vocês sabem – explicou ela então –, esses seus vizinhos não são muito brilhantes, pobrezinhos, e o que eles pensam que é uma piada não é piada nenhuma... é verdade, vocês não viram?

– Verdade que temos menos entendimento? – perguntou o Campeão.

– Sim; é verdade porque vocês não entenderam essa pobre piada; se vocês tivessem entendido, não seriam mais sábios do que são.

– Ah, sim; é claro – responderam eles, parecendo muito sábios.

– Então vou lhes dizer o que fazer – continuou Dorothy. – Riam da pobre piada, e digam a eles que é muito boa para um chifrudo. Assim eles não vão ousar dizer que vocês têm menos entendimento, porque vocês entendem tanto quanto eles.

Os saltadores olharam uns para os outros inquisitivamente, piscaram os olhos e tentaram imaginar o que significava tudo aquilo; mas não conseguiram compreender.

– O que você acha, Campeão? – perguntou um deles.

– Acho perigoso pensar nisso mais do que podemos – replicou ele. – Vamos fazer como diz essa menina e rir com os chifrudos, assim podemos fazê-los crer que nós entendemos a piada. Então haverá paz de novo e não precisaremos lutar.

Eles concordaram prontamente com aquilo e retornaram à cerca rindo alto e tão forte quanto podiam, embora não sentissem que estavam rindo nem um pouco. Os chifrudos ficaram muito surpresos.

– É uma ótima piada para um chifrudo, e estamos muito satisfeitos com ela – disse o Campeão, falando por entre as estacas. – Mas, por favor, não faça isso de novo.

– Não farei – prometeu Diksey. – Se eu pensar em outra piada como essa, tentarei esquecê-la.

– Bom! – exclamou o Chefe Chifrudo. – A guerra terminou e a paz está declarada.

Houve muitos gritos de alegria de ambos os lados da cerca, e o portão foi destrancado e ficou completamente aberto, de modo que Aparas foi capaz de se reunir aos seus amigos.

– E o Espantalho? – perguntou ela a Dorothy.

– Precisamos trazê-lo para baixo, de uma maneira ou de outra – foi a resposta.

– Talvez os chifrudos possam encontrar um jeito – sugeriu Ojo.

Assim, todos eles atravessaram o portão, e Dorothy perguntou ao Chefe Chifrudo como eles poderiam tirar o Espantalho da cerca. O Chefe não sabia como fazer isso, mas Diksey disse:

– A solução é uma escada.

– Vocês têm uma? – perguntou Dorothy.

– Pode crer. Usamos escadas em nossas minas – disse ele.

Então, saiu à procura de uma escada por ali e deu as boas-vindas de seu país aos estranhos, pois através deles uma grande guerra tinha sido evitada.

Pouco tempo depois, Diksey voltou com uma escada alta, que apoiou na cerca. Ojo imediatamente subiu até o alto da escada e Dorothy foi até a metade, e Aparas ficou ao pé dela. Totó corria em volta deles e latia. Então Ojo empurrou o Espantalho para fora da estaca e passou-o para Dorothy, que por sua vez o fez descer até a Menina de Retalhos.

Tão logo ficou novamente de pé no chão, o Espantalho disse:

– Muito obrigado. Sinto-me muito melhor, por não estar mais preso naquela estaca.

Os chifrudos começaram a rir, achando que aquilo era uma piada, mas o Espantalho sacudiu a si mesmo, ajeitou um pouco sua palha e disse a Dorothy:

– Tem uma parte esburacada nas minhas costas?

A menininha examinou-o cuidadosamente.

– Tem um buraco e tanto – disse ela. – Mas eu tenho agulha e linha na mochila e vou costurá-lo de novo.

– Faça isso, então – pediu ele seriamente, e de novo os saltadores riram, para grande aborrecimento do Espantalho.

Enquanto Dorothy costurava o buraco nas costas do homem de palha, Aparas examinou as outras partes dele.

– Uma de suas pernas está rasgada também! – exclamou ela.

– Oh, oh! – exclamou Diksey –, isso é ruim. Dê-lhe agulha e linha e deixe-o consertar seus modos.

– Ah, ah, ah! – riu o Chefe, e os outros chifrudos logo caíram na risada também.

– O que é tão engraçado? – perguntou o Espantalho, ríspido.

– Não percebe? – perguntou Diksey, que tinha rido mais alto do que os outros. – É uma piada. É de longe a melhor piada que já fiz. Você anda com suas pernas, então esse é o modo como anda, e suas pernas são seus modos. Percebe? Então, quando conserta suas pernas, você conserta seus modos. Ah, ah, ah! Ih, ih! Eu não tinha ideia de que podia fazer piadas tão boas.

– Simplesmente maravilhoso! – ecoou o Chefe. – Como você consegue fazer isso, Diksey?

– Eu não sei – disse Diksey modestamente. – Talvez seja o rádio, mas é melhor pensar que é meu esplêndido intelecto.

– Você não desiste – disse-lhe o Espantalho –, haverá uma guerra pior do que aquela da qual escapou.

Ojo tinha ficado perdido em pensamentos, e então perguntou ao Chefe:

– Existe um poço escuro em alguma parte do seu país?

– Um poço escuro? Nunca ouvi falar disso – foi a resposta.

– Ah, sim – disse Diksey, que por acaso ouvira a pergunta do menino. – Existe um poço muito escuro lá na mina de rádio.

– Existe água lá? – perguntou ansiosamente Ojo.

– Não sei dizer; nunca olhei para ver. Mas posso descobrir.

Assim, tão logo o Espantalho foi costurado, decidiram ir com Diksey à mina. Quando Dorothy acabou de ajeitar a forma do homem de palha, ele declarou que se sentia como novo e pronto para outras aventuras.

– Embora – disse ele – eu prefira não ficar novamente preso numa estaca. A vida extravagante não parece combinar com a minha constituição.

E então se apressaram para escapar das risadas dos chifrudos, que acharam ser aquilo outra piada.

OJO ENCONTRA O POÇO ESCURO

Então eles seguiram Diksey até o fundo da grande caverna, além da cidade dos chifrudos, onde existiam diversos poços escuros e redondos no chão de uma ladeira. Diksey foi até um desses poços e disse:

– Aqui é a mina em que fica o poço escuro que vocês procuram. Sigam-me andando cuidadosamente, e eu os levarei ao lugar.

Ele foi à frente e depois veio Ojo e Dorothy, com o Espantalho atrás dela. A Menina de Retalhos veio por último, pois Totó estava ao lado de sua pequena dona.

Poucos passos adiante da boca de abertura estava escuro como breu.

– Vocês não deverão se perder – disse o Chifrudo –, pois existe apenas um caminho. A mina é minha, e conheço cada passo aqui dentro. Que tal isso para uma piada, hein? A mina é minha – então ele deu uma risadinha alegre, enquanto eles o seguiam silenciosamente, descendo a íngreme ladeira.

O buraco era grande o suficiente para permitir que eles passassem por ali de pé, embora o Espantalho, que era o mais alto do grupo, com frequência precisasse inclinar a cabeça para não bater no teto.

Era difícil andar pelo chão do túnel, porque estava tão gasto como vidro liso, e logo Aparas, que ia a certa distância dos outros, escorregou e caiu com a cabeça para a frente. Imediatamente começou a deslizar para baixo, tão rápido que, quando alcançou o Espantalho, bateu em seus pés e derrubou-o em cima de Dorothy, que derrubou Ojo. O menino tropeçou no chifrudo, de modo que todos eles rolaram ladeira abaixo, deslizando embolados, sem poder enxergar para onde estavam indo por causa da escuridão.

Felizmente, quando alcançaram o fundo, o Espantalho e Aparas estavam na frente, e os outros bateram contra eles, de maneira que ninguém ficou ferido. Encontraram-se em uma caverna ampla, que era pouco iluminada pelos pequenos grãos de rádio que se espalhavam por entre as rochas soltas.

– Agora – disse Diksey, quando todos já estavam outra vez de pé – vou mostrar a vocês onde fica o poço escuro. Este lugar é grande, mas se vocês se mantiverem juntos ninguém vai se perder.

Todos se deram as mãos e o Chifrudo dirigiu-os até um canto escuro, onde parou.

– Tenham cuidado – disse ele em tom de aviso. – O poço está aos pés de vocês.

– Está bem – concordou Ojo, e, ajoelhando-se, enfiou a mão no poço e descobriu que continha uma quantidade de água. – Onde está o frasco de ouro, Dorothy? – perguntou, e a menininha lhe passou o frasco que trazia consigo.

Ojo ajoelhou-se novamente e, tateando no escuro, conseguiu encher o frasco com a invisível água do poço. Então fechou o frasco firmemente e colocou a preciosa água no bolso.

– Pronto! – disse ele de novo, numa voz contente –, agora podemos ir embora.

Voltaram à boca do túnel e começaram a rastejar cuidadosamente ladeira acima. Dessa vez eles fizeram Aparas ficar atrás, por receio de que ela deslizasse novamente; mas todos conseguiram subir em segurança, e o menino munchkin ficou muito feliz quando chegou à cidade dos chifrudos e percebeu que a água do poço escuro, que ele e seus amigos tinham se aventurado tão longe para conseguir, estava segura no bolso de sua jaqueta.

ELES SUBORNAM O QUADLING PREGUIÇOSO

– Agora – disse Dorothy, quando eles estavam na trilha da montanha, deixando para trás a caverna onde moravam os saltadores e os chifrudos –, acho que precisamos encontrar a estrada para o País dos Winkies, que é para onde Ojo quer ir em seguida.

– Existe tal estrada? – perguntou o Espantalho.

– Não sei – replicou ela. – Imagino que possamos voltar pelo caminho que nos trouxe aqui, para a casa de Jack Cabeça de Abóbora, e então ir para o País dos Winkies; mas é como se a gente ficasse correndo em um palheiro, não?

– Sim – disse o Espantalho. – Qual é a próxima coisa de que Ojo precisa?

– Uma asa de borboleta – respondeu o menino.

– Isso significa ir ao País dos Winkies, está bem, pois é o país amarelo de Oz – observou Dorothy. – Acho, Espantalho, que devíamos levá-lo ao Homem de Lata, pois ele é o Imperador dos Winkies e vai nos ajudar a encontrar o que Ojo quer.

– Claro – replicou o Espantalho, animado com a sugestão. – O Homem de Lata vai fazer qualquer coisa que a gente pedir a ele, pois é um dos meus amigos mais queridos. Acredito que possamos tomar um atalho para o país e chegar a seu castelo um dia antes do que se viajássemos de volta pelo caminho pelo qual viemos.

–Também penso assim – disse a menina –, e isso significa que precisamos nos manter à esquerda.

Foram obrigados primeiro a descer a montanha para então procurar uma trilha que levasse na direção que queriam ir, mas, em meio às rochas tombadas nos pés da montanha havia uma trilha não muito bem demarcada que eles decidiram seguir. Duas ou três horas de caminhada por essa trilha os levou a um país claro e plano, onde havia umas poucas fazendas e algumas casas espalhadas. Mas eles sabiam que ainda estavam no País dos Quadlings, porque tudo ali tinha a cor vermelho-brilhante. Não que as árvores e a relva fossem vermelhas, mas as cercas e as casas eram pintadas naquela cor e todas as flores silvestres que brotavam pelo caminho tinham botões vermelhos. Essa parte do País dos Quadlings parecia tranquila e próspera, se bem que solitária, e a estrada era melhor e mais fácil de seguir.

Mas, justo enquanto eles se congratulavam pelo progresso que tinham feito, chegaram a um largo rio que corria entre margens altas, e aí a estrada acabava e não havia nem ponte nem nada que lhes permitisse atravessar.

– Isso é estranho – matutou Dorothy, olhando para a água pensativamente. – Por que haveria uma estrada se o rio impede a passagem de quem venha por ela?

– *Au!* – fez Totó, olhando sério para o rosto dela.

– Essa é a melhor resposta que você vai ter – declarou o Espantalho, com seu sorriso cômico –, pois ninguém sabe nada mais que o Totó sobre essa estrada.

Aparas disse:

Sempre que vejo um rio,
Tremo com um calafrio,
Pois não consigo esquecer
Que a água é fria de doer.
Se minha roupa ficar molhada
Vai ser uma bela piada;
Por isso nunca tento nadar
Até uma água seca encontrar.

– Tente controlar-se, Aparas – disse Ojo –, você está ficando doida outra vez. Ninguém pretende nadar neste rio.

– Não – decidiu Dorothy –, nem que a gente tentasse, não conseguiria nadar. É um rio muito grande, e a água corre muito depressa.

– Deve haver um barqueiro trabalhando por aí – disse o Espantalho –, mas não estou vendo nenhum.

– A gente não poderia fazer uma balsa? – sugeriu Ojo.

– Não temos nenhum material que possamos usar – respondeu Dorothy.

– *Au!* – disse Totó de novo, e Dorothy viu que ele estava olhando para margem do rio.

– Olhem, ele está vendo uma casa lá! – exclamou a menininha.
– Acho que a gente não encontraria sem ele. Vamos até lá e perguntar às pessoas como se faz para atravessar o rio.

Menos de meio quilômetro dali, ao longo da margem, havia uma pequena casa redonda, pintada de vermelho-brilhante, e como ficava do mesmo lado do rio, eles correram até lá. Um homem gordinho, vestido todo de vermelho, saiu da casa para saudá-los, e com ele estavam duas crianças, também vestidas de vermelho. Os olhos do homem eram grandes e olhavam fixamente enquanto ele examinava o Espantalho e a Menina de Retalhos, e as crianças timidamente se escondiam atrás do pai e espiavam Totó.

– O senhor mora aqui, meu bom homem? – perguntou o Espantalho.

– Creio que sim, Mágico Poderoso – replicou o quadling, com uma pequena mesura –, mas para ser franco não sei se estou dormindo ou acordado, por isso não tenho certeza de onde moro. Se você gentilmente me beliscar, descubro tudo sobre isso!

– Está acordado – disse Dorothy –, e este não é nenhum mágico, mas simplesmente o Espantalho.

– Mas ele está vivo – protestou o homem –, e não devia estar, você bem sabe. E aquela pessoa horrível, a menina toda de retalhos, parece estar viva também.

– E muito viva – declarou Aparas, encarando o homem. – Mas isso não é da sua conta, sabe.

– Tenho direito de ficar surpreso, não tenho? – perguntou o homem humildemente.

– Não estou muito certa disso; mas de qualquer modo não tem o direito de dizer que sou horrível. O Espantalho, que é um cavalheiro de grande sabedoria, acha que sou bonita – retorquiu Aparas.

– Isso tudo não tem importância – disse Dorothy. – Diga-nos, meu bom quadling, como poderemos atravessar o rio?

– Não sei – replicou o quadling.

– Nunca atravessou o rio? – perguntou a menina.

– Nunca.

– Os viajantes não o atravessam?

– Não que seja do meu conhecimento – disse ele.

Eles ficaram muito surpresos ao ouvir isso, e o homem acrescentou:

– É um rio grande e muito bonito, e a corrente é forte. Conheço um homem que mora na margem oposta, pois o vejo lá há alguns anos; mas nunca nos falamos porque nenhum de nós nunca cruzou o rio.

– É estranho – disse o Espantalho. – Você não tem um barco?

O homem sacudiu a cabeça.

– Nem uma balsa?

– Para onde esse rio vai? – perguntou Dorothy.

– Por ali – respondeu o homem, apontando com uma mão –, vai para o País dos Winkies, que são governados pelo Imperador de Lata, que deve ser um poderoso mágico porque é todo feito de lata, e ainda por cima é vivo. E por ali – disse, apontando com a outra mão – o rio corre entre duas montanhas onde mora um povo perigoso.

O Espantalho olhou para a água antes deles.

– A corrente vai em direção ao País dos Winkies – disse ele –, e então, se tivéssemos um barco ou uma balsa, o rio nos levaria para lá mais depressa e mais facilmente do que se fôssemos andando.

– É verdade – concordou Dorothy; e então todos eles ficaram pensativos, imaginando o que poderiam fazer.

– Por que o homem não pode nos fazer uma balsa? – perguntou Ojo.

– Você faria? – perguntou Dorothy, virando-se para o quadling.

O gordinho sacudiu a cabeça.

– Sou muito preguiçoso – disse ele. – Minha mulher diz que sou o homem mais preguiçoso de toda Oz, e é uma mulher que fala a verdade. Odeio trabalho de qualquer tipo, e fazer uma balsa é um trabalho duro.

– Eu lhe dou meu anel de esmeraldas – prometeu a menina.

– Não; não ligo para esmeraldas. Se fosse um rubi, que é da cor que mais aprecio, eu podia trabalhar um pouquinho.

– Tenho alguns Tabletes de Refeição Completa – disse o Espantalho. – Cada um é o mesmo que um prato de sopa, um peixe frito, uma torta de cordeiro, salada de lagosta, pudim de chocolate e geleia de limão, tudo reunido em um único tablete que você pode engolir sem problema.

– Sem problema! – exclamou o quadling, muito interessado; então esses tabletes seriam ótimos para um homem preguiçoso. É muito trabalhoso mastigar quando a gente come.

– Eu lhe dou seis desses tabletes se você nos ajudar a construir uma balsa – prometeu o Espantalho. – São uma combinação de alimentos que as pessoas que comeram gostaram muito. Eu não como nunca, você sabe, porque sou feito de palha; mas alguns de meus amigos comem isso regularmente. O que você diz de minha oferta, quadling?

– Eu faço – decidiu o homem. – Eu ajudo, só que vocês fazem a maioria do trabalho. Mas minha mulher foi pescar enguias vermelhas hoje, então algum de vocês tem que cuidar das crianças.

Aparas prometeu fazer isso, e as crianças não ficaram tão tímidas assim quando a Menina de Retalhos sentou-se para brincar. Elas logo se acostumaram com Totó também, e o cãozinho permitiu que elas alisassem sua cabeça, o que deu muita alegria às menininhas.

Havia uma porção de árvores caídas perto da casa, e o quadling pegou seu machado e cortou-as em toras do mesmo comprimento. Pegou parte do varal de roupas de sua mulher para amarrar as toras, de modo a formarem uma balsa, e Ojo encontrou algumas ripas de madeira e pregou-as ao longo das pontas das toras, para torná-las mais firmes. O Espantalho e Dorothy ajudaram a rolar as toras juntas e carregar as ripas de madeira, mas demorou tanto para fazer a balsa que anoiteceu bem na hora em que terminaram, e com a noite a mulher do quadling retornou da sua pesca.

A mulher se mostrou zangada e mal-humorada, talvez porque tivesse pescado apenas uma enguia vermelha durante todo o dia. Quando descobriu que o marido tinha utilizado seu varal, e as toras que ela queria usar como lenha, e as tábuas com que ela pretendia consertar o galpão, e uma porção de pregos, ficou muito zangada. Aparas queria sacudir a mulher, para que ela se comportasse, mas Dorothy falou com ela em um tom amável, e contou para a mulher do quadling que era a princesa de Oz, e amiga de Ozma, e que quando voltassem à Cidade das Esmeraldas ela enviaria a eles uma porção de coisas em pagamento pela balsa, inclusive um novo varal. A promessa agradou à mulher, e ela logo ficou mais contente, dizendo que eles podiam passar a noite em sua casa e começar a viagem pelo rio na manhã seguinte.

Assim fizeram, passando uma agradável noite com a família quadling e divertindo-se com toda a hospitalidade que aquelas pessoas simples podiam oferecer a eles. O homem reclamou bastante, dizendo que tinha trabalhado demais cortando as toras, mas o espantalho deu a ele mais dois tabletes além do que tinha prometido, o que pareceu satisfazer o preguiçoso sujeito.

O RIO DO TRUQUE

Na manhã seguinte eles empurraram a balsa para a água e todos subiram a bordo. O quadling teve que segurar firme a balsa de toras enquanto eles tomavam seus lugares, e a corrente do rio era tão forte que quase arrancou a balsa de suas mãos. Assim que todos sentaram-se nas toras, ele deixou a balsa ir, e logo ela flutuou, e os aventureiros começaram sua viagem em direção ao País dos Winkies.

A casinha dos quadlings ficou fora de vista quase antes de eles gritarem seus adeuses, e o Espantalho disse com voz contente:

– A balsa não vai demorar muito para chegar ao País dos Winkies, a essa velocidade.

Tinham percorrido vários quilômetros rio abaixo e estavam apreciando a viagem quando, de repente, a balsa começou a ir mais devagar, parou um pouco, e então começou a deslizar de volta para o lugar de onde eles tinham saído.

– Ora, o que é que está errado? – perguntou Dorothy, assombrada; mas todos eles estavam tão desnorteados quanto ela, e de início ninguém soube responder. Logo, no entanto, perceberam a verdade: que a corrente do rio tinha revertido e a água estava fluindo no sentido oposto... em direção das montanhas.

Eles começaram a reconhecer o cenário pelo qual já tinham passado, e pouco a pouco a casinha dos quadlings novamente apareceu. O homem estava de pé na margem do rio e falou com eles:

– Como vão vocês? Prazer em vê-los outra vez. Esqueci de lhes dizer que o rio muda de direção a toda hora. Às vezes corre para um lado, às vezes para o outro.

Eles nem tiveram tempo de responder, pois a balsa passou rápido pela casa, e a longa distância, do outro lado da margem.

– Estamos indo exatamente pelo caminho que não queríamos – disse Dorothy –, e acho que a melhor coisa que temos a fazer é descer em terra antes que a balsa nos leve mais longe.

Mas não puderam desembarcar. Não tinham remos, nem mesmo uma vara para dirigir a balsa. As toras que os levavam flutuavam no meio do rio, e eram mantidas nessa posição pela forte corrente.

Assim, eles sentaram-se e esperaram, e, enquanto pensavam no que poderia ser feito, a balsa desacelerou, parou e começou a correr para o outro lado... em direção que seguiam inicialmente. Pouco depois, passaram outra vez pela casa dos quadlings, e o homem continuava de pé na margem. E gritou para eles:

– Bom dia! Prazer em vê-los outra vez. Espero ver vocês muitas outras vezes, enquanto passarem, a menos que vocês decidam nadar até a margem.

Nesse momento eles já o tinham deixado para trás e se dirigiam mais uma vez direto para o País dos Winkies.

– É uma grande falta de sorte – disse Ojo em voz desanimada. – O Rio do Truque continua mudando, parece, e lá vamos nós flutuando para a frente e para trás sem parar, a menos que arrumemos alguma maneira de chegar à margem.

– Você sabe nadar? – perguntou Dorothy.

– Não; sou Ojo, o Azarado.

– Nem eu. Totó sabe nadar um pouco, mas isso não vai ajudar a gente a chegar à margem.

– Não sei se eu sei nadar ou não – observou Aparas –, mas, se tentar, com certeza vou arruinar meus lindos retalhos.

Assim, eles pareciam sem saída para o seu dilema, e, sem esperanças, simplesmente sentaram-se. Ojo, que estava na frente da balsa, olhou para dentro da água e viu alguns peixes grandes nadando por ali. Encontrou uma ponta perdida do varal que amarrava as toras e, pegando um prego de ouro de seu bolso, entortou-o quase dobrando-o para formar um gancho, e o amarrou na ponta da linha do varal. Colocando no gancho uma isca feita de um pedaço de seu pão, jogou a linha na água e quase no mesmo instante ela foi mordida por um grande peixe.

Eles sabiam que o peixe era grande porque puxava com tanta força a linha que arrastava a balsa para a frente mais depressa do que a própria corrente do rio. O peixe estava amedrontado, e era um robusto nadador. Como a outra ponta do varal estava amarrada nas toras, ele não podia fugir, e como tinha engolido vorazmente o gancho de ouro na primeira mordida, também não podia livrar-se dele.

Quando alcançaram o lugar onde antes a correnteza tinha mudado, o peixe ainda nadava à frente, em sua selvagem tentativa de escapar. A balsa desacelerou, embora não tivesse parado, porque o peixe não deixava. Continuava se movendo na mesma direção pela qual tinha vindo. Como a corrente havia revertido e corria para trás em seu curso, deixou de arrastar a balsa com ela. Lentamente, palmo a palmo, eles flutuaram, e o peixe puxou, puxou, e manteve-os na direção certa.

O peixe não desistiu, mas manteve bravamente a balsa em seu curso, até que afinal a água do rio mudasse de novo e os levasse flutuando para onde eles queriam ir. Porém, em certo momento o peixe cativo sentiu que suas forças diminuíam. Procurando um refúgio, começou a arrastar a balsa em direção à margem. Como eles não desejavam desembarcar nesse lugar, o menino cortou a corda com seu canivete de bolso e libertou o peixe, bem a tempo de impedir que a balsa encalhasse.

Na vez seguinte em que o rio retrocedeu, o Espantalho conseguiu agarrar um galho de árvore que boiava na água, e eles todos o ajudaram a manter-se firme e impedir a balsa de ser carregada para trás. Enquanto eles esperavam ali, Ojo viu um longo galho quebrado na beira da água, então saltou ali e pegou o galho. Depois de aparar os brotos laterais, achou que podia usar o galho como um remo, para conduzir a balsa em caso de emergência.

Eles se seguraram na árvore até perceber a água recomeçar a fluir na direção certa, quando então a largaram e permitiram que a balsa reassumisse sua viagem. A despeito dessas pausas, eles realmente acabaram fazendo um bom progresso em direção ao País dos Winkies, e, descobrindo um meio de conquistar a corrente adversa, o astral deles melhorou consideravelmente. Podiam ver só um pouco do país por onde estavam passando por causa da altura das margens, e não encontraram nenhum bote nem outra embarcação qualquer na superfície do rio.

Mais uma vez o Rio do Truque reverteu sua corrente, mas desta vez o Espantalho estava de guarda e usou o galho para empurrar a balsa em direção a uma grande rocha que havia caído na água. Ele acreditava que a rocha impediria que eles flutuassem de volta com a corrente, e foi o que aconteceu. Eles ficaram assim ancorados até que a água reassumisse sua própria direção, quando então permitiram que a balsa se deixasse levar.

Deslizando após uma curva, viram à frente uma grande onda de água, que se estendia por toda a largura do rio, e estavam sendo irresistivelmente carregados nessa direção. Não havendo nenhuma maneira de parar a balsa, eles se agarraram bem às toras e deixaram o rio encharcá-los. Rapidamente a balsa subiu pela grande onda e desceu do outro lado, mergulhando a borda bem no fundo da água e banhando eles todos de espuma.

Enquanto outra vez a balsa se endireitava e deslizava, Dorothy e Ojo riram do banho que receberam; mas Aparas estava muito desanimada, e o Espantalho tirou seu lenço e enxugou a água dos retalhos da Menina de Retalhos o máximo que pôde. O sol logo a secou e as cores dos retalhos se mantiveram, pois eles não se separaram nem desbotaram.

Após passar pela parede de água, a corrente não reverteu mais, mas continuou a levá-los rapidamente para a frente. As ondas do rio ficaram menores, também, permitindo-lhes ver melhor o país, e logo eles descobriram botões-de-manteiga amarelos e dentes-de-leão crescendo em meio à grama, e por essa evidência perceberam que tinham chegado ao País dos Winkies.

– Vocês não acham que devíamos desembarcar? – perguntou Dorothy para o Espantalho.

– Logo, logo – replicou ele. – O castelo do Homem de Lata fica na parte sul do País dos Winkies, e portanto não deve estar muito longe daqui.

Temendo que eles pudessem ir longe demais, Dorothy e Ojo então se levantaram e ergueram o Espantalho em seus braços, o mais alto que conseguiram, permitindo-lhe assim ter uma boa vista do país. Por um tempo ele não viu nada que reconhecesse, mas finalmente exclamou:

– Lá está! Lá está!

– O quê? – perguntou Dorothy.

– O castelo do Homem de Lata. Estou vendo suas torres brilhando ao sol. Ainda falta muito, mas seria melhor desembarcarmos o mais depressa que pudermos.

Eles o baixaram para o chão e começaram a mover a balsa para a margem com auxílio do galho. Ela obedeceu firmemente, pois a corrente estava mais lenta agora, e logo alcançaram a margem e desembarcaram com segurança.

O País dos Winkies era realmente bonito, e através dos campos podiam ver ao longe o brilho prateado do castelo de lata. Com o coração leve, apressavam-se em sua direção, pois haviam descansado bastante durante sua longa viagem pelo rio.

Pouco a pouco começaram a cruzar um imenso campo de esplêndidos lírios amarelos, cuja delicada fragrância era muito agradável.

– Como são bonitos! – exclamou Dorothy, parando para admirar a perfeição daquelas extraordinárias flores.

– Sim – disse o Espantalho, pensativamente –, mas precisamos tomar cuidado para não esmagar nem machucar nenhum desses lírios.

– Por que não? – perguntou Aparas.

– O Homem de Lata tem muito bom coração – foi a resposta – e odeia ver qualquer coisa viva machucada de alguma maneira.

– As flores estão vivas? – perguntou Aparas.

– Sim, claro. E estas flores pertencem ao Homem de Lata. Assim, a fim de não ofendê-lo, não devemos pisar em nenhum único botão.

– Certa vez – disse Dorothy –, o Homem de Lata pisou em um besouro e matou a pequena criatura. Aquilo o deixou muito infeliz e ele chorou até as lágrimas enferrujarem suas juntas, de modo que não podia mais movimentá-las.

– O que ele fez então? – perguntou Ojo.

– Colocou óleo nelas, para que as juntas voltassem a funcionar bem outra vez.

– Ah! – exclamou o menino, como se uma grande descoberta tivesse passado por sua mente. Mas não contou a ninguém que descoberta era, mantendo a ideia para si.

Foi uma longa caminhada, mas agradável, e eles não se importaram nem um pouco. Tarde da noite aproximaram-se do maravilhoso castelo de lata do Imperador dos Winkies, e Ojo e Aparas, que nunca antes o tinham visto, ficaram maravilhados.

Havia lata em abundância no País dos Winkies, e os winkies eram tidos como os maiores funileiros do mundo. Assim, o Homem de Lata os havia empregado na construção de seu magnífico castelo, que era todo de lata, do chão até a torre mais alta, e polido com tanto brilho que reluzia lindamente ao sol, mais do que a prata. Em volta do castelo havia uma muralha de lata, com portões também de lata; mas os portões ficavam sempre abertos porque o imperador não tinha inimigos para perturbá-lo.

Quando entraram em seu espaçoso ambiente, nossos viajantes ficaram ainda mais admirados. De fontes de lata jorrava água límpida à distância, e em volta dessas fontes havia jardins de flores de lata, tão perfeitas que pareciam flores naturais. Havia árvores de lata também, e aqui e ali pérgulas com caramanchões de lata davam sombra aos bancos e cadeiras colocados embaixo. Além disso, nas laterais da trilha que levava à porta da frente do castelo, havia fileiras de estátuas de lata, muito bem executadas. Entre elas, Ojo reconheceu as estátuas de vários amigos, Dorothy, Totó, o Espantalho, o Mágico, o Homem-Farrapo, Jack Cabeça de Abóbora e Ozma, todas colocadas sobre belos pedestais de lata.

Totó ficou bem à vontade na residência do Homem de Lata, e, seguro de uma alegre acolhida, corria adiante e latia tão alto na porta da frente, que o Homem de Lata o ouviu e saiu em pessoa para ver se era mesmo seu velho amigo Totó. Em seguida, o Homem de Lata deu um forte abraço no Espantalho, e então se virou para abraçar Dorothy. Mas logo seus olhos foram captados pela estranha visão da Menina de Retalhos, e ele ficou contemplando-a, numa mistura de assombro e admiração.

A OBJEÇÃO DO HOMEM DE LATA

O Homem de Lata é um dos principais personagens de toda a Terra de Oz. Embora fosse Imperador dos Winkies, ele devia obediência a Ozma, que governava toda a terra, e a menina e o Homem de Lata eram amigos pessoais. Ele era um verdadeiro cavalheiro e mantinha seu corpo de lata brilhante de tão polido, e suas juntas bem lubrificadas. Ele também era muito cortês em suas maneiras e tão generoso e gentil, que todos o amavam. O imperador saudou Ojo e Aparas com hospitalidade cordial e acompanhou todo o grupo até seu belo salão de recepção, de lata, onde toda a mobília e os quadros eram feitos de lata. As paredes eram apaineladas com folhas de lata, e do teto de lata pendiam candelabros também de lata.

O Homem de Lata queria saber, antes de tudo, onde Dorothy tinha encontrado a Menina de Retalhos. Então, todos juntos, os visitantes contaram a história de Aparas, como fora feita, e também o acidente de

Margolotte e Unc Nunkie, e disseram que Ojo tinha saído em viagem para procurar as coisas necessárias para o encanto mágico do Mágico Torto. Depois Dorothy contou as aventuras deles no País dos Quadlings e disse que finalmente tinham conseguido pegar com sucesso a água de um poço escuro.

Enquanto a menininha contava essas aventuras, o Homem de Lata sentou-se em uma confortável cadeira, ouvindo com muito interesse, rodeado pelos outros membros do grupo. Ojo, contudo, estava com os olhos fixos no corpo do imperador de lata, e então notou que, sob a junta de seu joelho esquerdo, uma pequena gota de óleo se formava. Observou essa gota com o coração disparado, e procurando no bolso tirou dali um pequeno frasco de cristal, que manteve oculto na mão.

Nesse momento o Homem de Lata mudou de posição, e de repente Ojo, para o espanto de todos, ajoelhou-se no chão e colocou seu frasco de cristal embaixo da junta do joelho do imperador. Bem nessa hora, em que a gota de óleo caiu, o menino a colocou no frasco e imediatamente o fechou bem com a rolha. Então, com o rosto ruborizado e embaraçado, levantou-se e se virou para os outros.

– O que é que você está fazendo? – perguntou o Homem de Lata.

– Peguei uma gota de óleo que caiu da junta de seu joelho – confessou Ojo.

– Uma gota de óleo! – exclamou o Homem de Lata. – Vejam só, que falta de cuidado deve ter tido meu valete quando colocou óleo em mim esta manhã. Receio ter de repreender o rapaz, porque não posso andar por aí pingando óleo.

– Não se preocupe – disse Dorothy. – Ojo parece feliz por ter conseguido o óleo, por alguma razão.

– Sim – declarou o menino munchkin –, estou feliz. Porque uma das coisas que o Mágico Torto me disse para conseguir era uma gota de óleo do corpo de um homem vivo. Primeiro, eu não tinha ideia de que existisse uma coisa dessas; mas agora ela está segura na garrafinha de cristal.

– Você é muito bem-vindo, realmente – disse o Homem de Lata. – Agora então você tem todas as coisas que estava procurando?

– Não todas ainda – respondeu Ojo. – Existem cinco coisas que preciso conseguir, e encontrei apenas quatro delas. Já tenho os três pelos da ponta da cauda do Zonzo, um trevo de seis folhas, um *gill* de água de um poço escuro e uma gota de óleo do corpo de um homem vivo. A última coisa é a mais fácil de todas de conseguir, e tenho certeza de que meu querido Unc Nunkie e a boa Margolotte também logo poderão voltar à vida normal.

O menino munchkin disse isso com muito orgulho e prazer.

– Bom! – exclamou o Homem de Lata –, eu me congratulo com você. Mas qual é a quinta e última coisa de que você necessita para completar o encanto mágico?

– A asa esquerda de uma borboleta amarela – disse Ojo. – Neste país amarelo, e com sua generosa assistência, deverá ser muito fácil encontrar.

O Homem de Lata olhou para ele admirado.

– Com certeza você está brincando! – disse ele.

– Não – replicou Ojo, bastante surpreso. – Estou falando sério.

– Mas você pensa por um momento sequer que eu iria permitir que você, ou qualquer outra pessoa, arrancasse a asa de uma borboleta amarela? – perguntou o Homem de Lata severamente.

– Por que não, senhor?

– Por que não? Você me pergunta por que não? Seria cruel, um dos feitos mais cruéis e sem coração de que já ouvi falar – afirmou o Homem de Lata. – As borboletas estão entre a criaturas mais lindas de todas, e são muito sensíveis à dor. Arrancar uma asa de uma delas se tornaria uma incrível tortura e ela logo morreria em grande agonia. Eu não permitiria tamanha maldade sob nenhuma circunstância!

Ojo ficou assombrado ao ouvir isso. Dorothy, também, olhou séria e desconcertada, mas sabia no fundo do coração que o Homem de Lata estava certo. O Espantalho balançou a cabeça em aprovação à fala de seu amigo, sendo então evidente que concordava com a decisão do imperador. Aparas olhou de um para o outro perplexa.

– Quem se preocupa com uma borboleta? – perguntou ela.

– Você não? – perguntou o Homem de Lata.

– Nem um pouco, porque não tenho coração – disse a Menina de Retalhos. – Mas quero ajudar Ojo, que é meu amigo, a resgatar a vida do tio, que ele ama, e eu mataria uma dúzia de borboletas inúteis para que ele pudesse conseguir isso.

O Homem de Lata suspirou consternado.

– Você tem bons instintos – disse ele –, e com um coração você sem dúvida seria uma boa criatura. Não posso culpá-la por sua falta de coração, assim como você não pode entender os sentimentos de quem possui coração. Eu, por exemplo, tenho um coração puro e sensível que o maravilhoso Mágico de Oz me deu, e por isso nunca, nunca, permitiria que uma pobre borboleta amarela fosse torturada por ninguém.

– O país amarelo dos winkies – disse Ojo tristemente – é o único lugar em Oz onde se pode encontrar uma borboleta amarela.

– Fico feliz por isso – disse o Homem de Lata. – Como eu governo o País dos Winkies, posso proteger as borboletas.

– A menos que eu consiga uma asa – apenas uma asa esquerda – disse Ojo tristemente –, não poderei salvar Unc Nunkie.

– Então ele deve permanecer uma estátua de mármore para sempre – declarou o Imperador de Lata firmemente.

Ojo enxugou os olhos, pois não conseguiu segurar as lágrimas.

– Vou lhe dizer o que fazer – disse Aparas. – Pegaremos uma borboleta amarela inteira, viva e bem, para o Mágico Torto, e deixar que ele arranque a asa esquerda.

– Não, não vai – disse o Homem de Lata. – Você não pode pegar uma de minhas queridas borboletas e tratá-la desse jeito.

– Então o que neste mundo devemos fazer? – perguntou Dorothy.

Ficaram todos silenciosos e pensativos. Ninguém falou por um bom tempo. Então, o Homem de Lata de repente levantou-se e disse:

– Devemos todos voltar à Cidade das Esmeraldas e pedir conselho a Ozma. Ela é uma garotinha sábia, nossa governante, e pode encontrar uma maneira de Ojo salvar Unc Nunkie.

Então, na manhã seguinte, o grupo partiu em viagem para a Cidade das Esmeraldas, que alcançaram no devido tempo, sem nenhuma adversidade. Era uma viagem triste para Ojo, pois sem a asa da borboleta amarela ele não via como salvar Unc Nunkie – a não ser que esperasse seis anos para que o Mágico Torto fizesse outra porção do Pó da Vida. O menino estava muito desesperançado e, conforme andava, suspirava alto.

– Alguma coisa está magoando você? – perguntou o Homem de Lata em um tom bondoso, pois o imperador ia junto com o grupo.

– Sou Ojo, o Azarado – replicou o menino. – Eu devia saber que iria falhar em qualquer coisa que tentasse fazer.

– Por que você é Ojo, o Azarado? – perguntou o homem.

– Porque nasci em uma sexta-feira.

– A sexta-feira não é azarada – declarou o imperador. – É simplesmente um dos sete dias. Você acha que o mundo todo fica azarado um sétimo do tempo?

– Era o décimo terceiro dia do mês – disse Ojo.

– Décimo terceiro! Ah, esse é na verdade um número de sorte – replicou o Homem de Lata. – Toda a minha boa sorte parece ocorrer no décimo terceiro. Imagino que muitas pessoas nunca notaram a boa sorte que elas têm com o número 13, e mesmo que um mínimo de má sorte caia nesse dia, eles culpam o número, e não sua própria situação.

– O 13 é meu número de sorte também – observou o Espantalho.

– E o meu – disse Aparas. – Tenho exatamente treze retalhos na minha cabeça.

– Mas – continuou Ojo – sou canhoto.

– Muitos dos maiores homens são assim – afirmou o imperador. – Ser canhoto normalmente é ser ambidestro; os destros normalmente só usam uma mão.

– E tenho uma verruga embaixo do braço direito – disse Ojo.

– Que sorte! – exclamou o Homem de Lata. – Se ela estivesse na ponta de seu nariz poderia ser má sorte, mas embaixo de seu braço é uma sorte danada.

– Por todas essas razões – disse o menino munchkin –, tenho sido chamado de Ojo, o Azarado.

– Então precisamos virar uma nova página e chamar você daqui para a frente de Ojo, o Sortudo – declarou o Homem de Lata. – Todas as razões que você deu são absurdas. Mas tenho notado que aqueles que continuamente sofrem de má sorte e temem ser vencidos por ela não têm tempo de tirar vantagem de nenhuma boa sorte que apareça em seu caminho. Faça a sua cabeça para ser Ojo, o Sortudo.

– Como? – perguntou o menino, – Quando todas as minhas tentativas de salvar meu querido tio falharam?

– Nunca desista, Ojo – aconselhou Dorothy. – Ninguém sabe nunca o que vai acontecer em seguida.

Ojo não respondeu, mas estava tão desanimado que mesmo a chegada deles à Cidade das Esmeraldas perdera o seu interesse.

As pessoas saudavam alegremente a aparição do Homem de Lata, do Espantalho e de Dorothy, que eram, os três, grandes favoritos do povo, e ao entrar no palácio real receberam o aviso de Ozma de que ela iria recebê-los imediatamente.

Dorothy contou à menina governante que eles tinham sido bem-sucedidos em sua busca até chegarem ao item da borboleta amarela, que o Homem de Lata recusava terminantemente a sacrificar para a poção mágica.

— Ele está certo — disse Ozma, que não parecia nem um pouco surpresa. — Se Ojo tivesse me contado que uma das coisas que procurava era a asa de uma borboleta amarela, eu lhe teria informado, antes de ele iniciar a busca, que ele nunca a conseguiria. Então vocês teriam evitado os problemas e aborrecimentos de sua longa viagem.

— Eu não fiquei preocupada na viagem de jeito nenhum — disse Dorothy. — Foi divertida.

— Do jeito como a coisa ficou — observou Ojo —, nunca conseguirei as coisas que o Mágico Torto me pediu; então, a menos que eu espere seis anos para que ele faça o Pó da Vida, Unc Nunkie não poderá ser salvo.

Ozma sorriu.

— O doutor Pipt não vai mais fazer o Pó da Vida, eu lhe prometo — disse ela. — Eu enviei o pó para ele e ele o trouxe para este palácio, onde está agora, e suas quatro chaleiras devem ser destruídas e seu livro de receita queimado. Eu também trouxe para cá as estátuas de mármore de seu tio e de Margolotte, que estão no salão vizinho.

Todos ficaram bastante surpresos com esse anúncio.

— Ai, deixe-me ver Unc Nunkie! Deixe-me vê-lo já, por favor! — exclamou Ojo ansiosamente.

— Esperem um momento — replicou Ozma —, porque tenho algo mais a dizer. Nada do que acontece na Terra de Oz escapa ao conhecimento de nossa sábia Glinda, a Bruxa Boa. Ela sabia de todos as mágicas feitas pelo doutor Pipt, e que ele deu vida à Gata de Vidro e à Menina de Retalhos, e do acidente com Unc Nunkie e Margolotte, e da busca de Ojo e sua viagem com Dorothy. Glinda também sabia que Ojo não iria conseguir todas as coisas que procurava, então mandou buscar nosso Mágico e o instruiu quanto ao que ele devia fazer. Alguma coisa vai acontecer no palácio neste momento, e essa "alguma coisa", tenho certeza, vai satisfazer a todos vocês. E agora – continuou a menina governante, levantando-se de sua cadeira – vocês podem me seguir até o salão vizinho.

O MARAVILHOSO
MÁGICO DE OZ

Quando Ojo entrou no salão, correu depressa até a estátua de Unc Nunkie e beijou carinhosamente o mármore.

– Fiz o meu melhor, Unc – disse ele, com um soluço –, mas não serviu de nada!

Então ele recuou e olhou em volta do salão, e a vista de todos ali reunidos deixou-o bastante impressionado.

Ao lado das estátuas de mármore de Unc Nunkie e Margolotte, estava a Gata de Vidro, enrolada em um tapete; e o Zonzo também, sentado em suas quadradas pernas traseiras e olhando a cena com um interesse solene; lá estava também o Homem-Farrapo, em um traje de cetim verde-ervilha, e à mesa estava sentado o pequeno Mágico, parecendo muito importante, como se soubesse muito mais do que se preocupava em dizer.

Por último, estava lá o doutor Pipt, o Mágico Torto, sentado todo encurvado em sua cadeira, parecendo muito abatido, porém mantendo os olhos fixos nas formas sem vida de Margolotte, que ele amava muito, mas que agora temia perder para sempre.

Ozma sentou-se em uma cadeira que Jellia Jamb colocara à frente para a governante, e atrás dela estavam o Espantalho, o Homem de Lata e Dorothy, assim como o Leão Covarde e o Tigre Faminto. O Mágico então levantou-se e fez uma reverência a Ozma, e outra ao grupo ali reunido.

– Senhoras e senhores, e animais – disse ele –, peço para anunciar que nossa Graciosa Governante me permitiu obedecer às ordens da grande Glinda, a Bruxa Boa, da qual tenho orgulho de ser seu humilde assistente. Descobrimos que o Mágico Torto tem praticado suas artes de magia contrariando a lei, e, portanto, por Édito Real, proíbo-o de usar todo tipo de pó para fazer magia no futuro. Ele não é mais um mágico torto, mas um simples munchkin; não é mais nem torto, mas um homem como outro qualquer.

Ao pronunciar essas palavras, o Mágico apontou a mão na direção do doutor Pipt e instantaneamente todos os seus membros tortos se endireitaram. O antigo mágico, com um choro de satisfação, ficou de pé, olhou para si mesmo maravilhado, e então caiu sentado em sua cadeira e olhou fascinado para o Mágico.

– A Gata de Vidro, que o doutor Pipt fez ilegalmente – continuou o Mágico –, é uma bela gata, mas seu cérebro cor-de-rosa a tornou tão convencida que ela é uma companhia desagradável para qualquer um. Então, outro dia eu retirei dela o cérebro cor-de-rosa e o substituí por um cérebro transparente, e agora a Gata de Vidro é tão modesta e bem-comportada que Ozma decidiu mantê-la no palácio como animal de estimação.

– Obrigada – disse a gata, com uma voz suave.

– O Zonzo mostrou-se um bom Zonzo e um amigo leal – continuou o Mágico –, de modo que vamos enviá-lo para a Coleção Real de Animais, onde ele vai ser bem cuidado e alimentado pelo resto de sua vida.

– Muito obrigado – disse o Zonzo. – Assim não fico mais preso em uma floresta, sozinho e faminto.

– Em relação à Menina de Retalhos – continuou o Mágico –, ela tem uma aparência tão notável, é tão esperta e bem-humorada, que nossa Graciosa Governante resolveu preservá-la cuidadosamente, como uma das curiosidades da curiosa Terra de Oz. Aparas pode viver no palácio, ou onde quer que deseje, e não precisará servir a mais ninguém a não ser a si mesma.

– Isso é muito bom – disse Aparas.

– Ficamos todos interessados em Ojo – continuou o Mágico –, porque seu amor pelo infeliz tio fez com que ele encarasse corajosamente toda sorte de perigos, a fim de conseguir resgatá-lo. O menino munchkin tem um coração generoso e leal, e fez seu melhor para restaurar a vida de Unc Nunkie. Ele falhou, mas existem mágicos mais poderosos do que o Mágico Torto, e existem mais maneiras de destruir o encanto do Líquido de Petrificação do que o doutor Pipt conhece. Glinda, a Bruxa Boa, falou-me de uma, e agora vocês vão entender como é grande o conhecimento e o poder do nossa inigualável feiticeira.

Dizendo isso, o Mágico avançou até a estátua de Margolotte e, em um passe de mágica, murmurou uma palavra mágica que ninguém conseguiu ouvir distintamente. No mesmo momento a mulher se mexeu, virou a cabeça examinando aqui e ali todos os que estavam diante dela e, vendo o doutor Pipt, correu para a frente e atirou-se nos braços abertos do marido.

Então o Mágico fez um passe de mágica e disse a palavra mágica diante da estátua de Unc Nunkie. O velho munchkin imediatamente retornou à vida e, com uma reverência ao Mágico, disse:

– Obrigado.

Nesse momento, Ojo correu e atirou-se alegremente nos braços de seu tio. O velho abraçou com ternura seu pequeno sobrinho, acariciou-lhe a cabeça e enxugou as lágrimas do menino com um lenço, pois Ojo chorava de pura felicidade.

Ozma levantou-se e congratulou-se com eles.

– Dei a vocês, meus queridos Ojo e Unc Nunkie, uma bela casa bem ao lado das muralhas da Cidade das Esmeraldas – disse ela –, ali vocês terão o seu lar e estarão sob minha proteção.

– Eu não disse que você era Ojo, o Sortudo? – exclamou o Homem de Lata, enquanto todos reuniam-se em volta deles para cumprimentar Ojo.

– Sim; e é verdade! – replicou Ojo, agradecido.